JULIEN PLANCHEZ

REDTOWN

Roman

*Aux joueurs et joueuses qui ont inspiré ce livre,
à Marine et Achille, mes deux joueurs préférés.*

Rouge

Le soleil était rouge. Le ciel était rouge.
Et la terre était rouge.
La poussière rouge, née de la terre et du vent,
se déposait sur le visage de l'homme,
Et l'homme pleurait.
Les larmes creusaient des sillons sur ses joues
Tandis ce que sa chair, palpitante et rouge,
s'unissait a l'immensité.
L'homme pleurait
Car face à l'infinie splendeur de la nature sauvage,
L'homme se souvenait qu'il était un enfant de la terre,
Et que la terre,
Etait rouge.

Prologue

Le soleil du crépuscule rougeoyait au-dessus de la vallée, révélant de sa lumière la beauté sauvage de la nature. Le reflet des montagnes sur le lac scintillait, tandis que les arbres se noyaient dans un océan de feu. La vallée se laissait glisser paisiblement dans une nouvelle nuit et William Ansfield, lancé au triple galop, manquait tout de ce spectacle.

Longé d'un côté par un torrent aux eaux tumultueuses, et de l'autre par une paroi rocheuse d'où jaillissait une végétation épineuse, le sentier était bien trop étroit pour se laisser aller à la contemplation. Il préférait garder les yeux rivés sur le dos de son partenaire qui chevauchait devant lui, concentré sur sa mission. Ce soir, s'achevait le travail poursuivi lors de ces deux dernières années. Ce soir tout prendrait fin, et ce n'était pas le moment de se laisser aller.

Son partenaire ralentit brusquement et bifurqua sur la droite. William n'avait pas vu qu'ils étaient aussi près du passage qui permettait de s'enfoncer dans les bois. Heureusement que l'instinct de son cheval lui avait fait éviter la collision.

« Je suis trop fébrile, pensa-t-il, tout s'est déroulé selon le plan jusqu'à présent. Ça va aller ! »

Il sourit en posant une main sur un gros sac de toile accroché à sa selle pour se rassurer.

— On y est presque Billy ! cria son compagnon.

Il avait senti la jubilation dans sa voix et cessa de sourire.

Le sentier montait en pente douce et régulière à travers les arbres. Il ne restait presque plus rien de la lumière du jour. Le sous-bois résonna encore du son étouffé des sabots jusqu'à ce que les deux hommes pénètrent dans une petite clairière, suffisamment à l'écart du sentier pour être parfaitement dissimulée.

Ils étaient arrivés à la planque ! Une cabane faite en rondins de bois d'une seule pièce, équipée du mobilier de base : table, chaises et paillasses, un peu de vaisselle et deux lampes à huile. William était traversé par des émotions contradictoires. Ici s'était fomenté les pires coups. Le sang y avait coulé, parfois le sien, et il avait failli s'y compromettre. Plus d'une fois ! Malgré tout, la planque représentait le seul refuge qu'il avait eu au cours de ces deux dernières années. Il savait, et il avait toujours su, que tout se terminerait ici.

Pendant qu'il errait dans ses pensées, son compagnon était allé chercher une lampe. La nuit avait repris ses droits. Il l'approcha de son visage :

— Qu'est-ce que tu fous ? Approche les chevaux de la trappe !

Puis il alla se coller le dos à un grand pin, fit cinq grands pas devant lui et se pencha. Une trappe en bois se détacha du sol dans un grincement. Bobby posa la lampe et sauta dans l'ouverture. William ne distinguait plus que le haut de son corps. Il avait approché les chevaux.

— Balance l'oseille !

William détacha lentement le premier sac et le lança à

PROLOGUE

son partenaire.
— On a réussi William ! Exactement comme tu me l'avais promis : juste toi et moi, à la fin !
Il rit de bon cœur en recevant le deuxième sac.
— Encore plus riche que ce que t'avais prévu ! Salaud va ! Tu les as bien eus !
William resta de marbre car le moment était arrivé. Après avoir jeté le troisième sac, il ramassa la lampe, fit le tour de la trappe pour se retrouver derrière son partenaire, sortit son arme et lui pointa sur la nuque. Il énonça d'une voix forte, en toute sincérité :
— Je suis désolé, Bobby.
C'était le signal. Plusieurs torches s'allumèrent en même temps tout autour de la clairière. Bobby s'immobilisa en voyant l'arme de William, il leva lentement les mains.
— Tu ne vas quand même pas me tuer, William ? Tu n'as jamais été capable de tuer personne...
Les torches encerclèrent la fosse. Elles étaient tenues par des hommes armés portant les insignes de marshal. Bobby mit quelques secondes à réaliser ce qui lui arrivait.
— T'es avec eux, c'est ça ? conclut-il.
La rage se mêlait à l'incrédulité dans sa voix.
— Je t'ai toujours protégé. Comme mon frère ! Notre amitié ! J'ai tué pour toi... J'ai...
La surprise et la colère s'effaçaient déjà au profit d'un autre sentiment bien pire.
— C'était ça ton plan depuis le début.
Ses yeux se remplissaient de l'immense poids de la trahison et de ses implications. William pouvait y voir défiler les deux années qu'ils avaient passés ensemble. Finalement, une haine intense et froide voila son regard, définitivement.

— Allez ! Sors de ton trou, c'est fini maintenant, dit William d'une voix douce.

Bobby obtempéra. Il ne quittait pas des yeux son ancien ami.

— Tue-moi.

Le regard de William cilla.

— Tue-moi !

Le shérif Mills prit les mains de Bobby et les attacha dans son dos.

— Ce n'est plus comme ça que ça marche maintenant, lui répondit William, c'est fini tout ça.

Puis il baissa les yeux. Il ne vit pas le shérif Mills l'entraîner à sa suite, ni ne l'entendit lui dicter ses droits. Par contre, il perçut distinctement la voix de Bobby, comme s'il lui avait murmuré à l'oreille :

— Tu aurais dû me tuer.

Bobby ne l'avait pas lâché du regard une seconde, se tordant le cou pour le fusiller de ses yeux noirs.

Quand le calme fut revenu dans la clairière, William referma la trappe. La dernière bande qui contrôlait la région avait été éradiquée. Redtown allait pouvoir se développer en paix. La mission était accomplie avec succès !

Pourtant William ne ressentait que le poids immense qu'a le vide quand il s'abat brutalement sur les entrailles.

La nuit l'enveloppait totalement.

PREMIÈRE PARTIE

Chapitre 1
Luke

Tous les jours, peu avant l'aube, Luke commençait sa journée par attendre le train, debout au milieu des rails. Il se tenait toujours un peu en retrait de la ville pour profiter de la sensation d'être seul dans la plaine. Il ressentait la vie sauvage, tellement présente à cet instant, qui pourtant ne semblait plus exister le jour levé.

Posé au pied des montagnes, Redtown lui semblait minuscule ! Un alignement de formes sombres, perdu au milieu d'un paysage grandiose. Luke, dans le calme et la fraîcheur du matin, se sentait bien.

Des coyotes, qu'une proie particulièrement tenace avait amenés jusqu'ici, se regroupaient, méfiants. Le museau dressé, ils reniflaient le vent de la ville, ne comprenant pas ce que venait faire ce gros tas de bois dressé au milieu de leur territoire de chasse. Luke ne craignait rien, il savait que les bêtes ne s'approcheraient pas. Le rail traçait une grande frontière d'acier entre le monde sauvage et celui des hommes.

Quand la locomotive surgit au détour du virage, proies et prédateurs s'enfuirent d'un commun accord, semblant comprendre que rien ni personne ne pourrait stopper l'avancée du monstre de métal.

Sur le quai, le chef de gare surveillait le retour de Luke

qui fut plutôt surpris. Le chef aimait arriver au dernier moment, ce qu'il appelait lui-même « le bon moment » avec force coups de sifflet et grands gestes indiquant bien à tout le monde que le quai lui appartenait.

— Te voilà bien matinal, Roger !

Et de fait, cela se voyait ! Il avait les yeux rouges et cernés. Quant à son uniforme, habituellement parfaitement ajusté à son embonpoint assumé, il se retrouvait soumis aux lois des matins difficiles. La chemise dépassait du pantalon tandis que la veste y était parfaitement insérée. Luke salua mentalement l'exploit.

— M'en parle pas ! Je sais pas comment tu fais pour te pointer si tôt !

Luke sourit.

— J'ai passé une nuit horrible, continua Roger, pas moyen de dormir deux heures d'affilée. Je me suis réveillé au milieu de la nuit, persuadé d'avoir entendu ce maudit train ! Je suis sorti comme un fou avant de paniquer car les rails avaient disparu ! J'ai mis au moins deux minutes à comprendre que j'étais sorti du côté de la rue.

Luke éclata de rire :

— Au moins tu as mis chacune de tes chaussures à chacun de tes bons pieds !

Roger y jeta un œil méfiant. Son regard tomba sur sa mise. Il grommela avant de se retourner pour se rajuster. Le résultat fut plus que correct et Luke le fit aimablement remarquer. Roger y trouva la force de se redresser et d'avoir l'air occupé.

Les autres travailleurs commençaient à s'affairer autour de la gare. Le premier train n'amenait pas de voyageurs, mais des marchandises et matériaux en provenance de la capitale.

Chacun venait y prendre sa part. Luke, lui, s'occupait

CHAPITRE 1 : LUKE

des correspondances. Il aimait son travail même si ce n'était pas exactement ce qu'il avait imaginé en quittant la ferme de son père.

Toute son enfance, il avait regardé au loin grandir ce qui s'appelait désormais la ville de Redtown. Au début, ce n'était qu'un petit village de colons qui nourrissait de sa richesse la capitale située plus à l'est. Il se nichait au pied d'une chaîne de montagnes. La terre était riche pour l'agriculture, le gibier abondait dans les forêts et le grand lac regorgeait de poissons.

Un jour, des lignes de métal avaient fendu la plaine et une gare était sortie de terre. A l'arrivée du premier train, une fête avait été organisée par la compagnie ferroviaire. Tout le monde était présent ! Luke était venu avec ses parents. Il n'oublierait jamais l'image sublime de cette énorme machine qui était venue s'arrêter avec fracas et vapeur juste devant lui. Son regard s'était rempli d'émerveillement et il s'était tourné vers son père :

— C'est beau papa !

— Je ne sais pas, mon fils, peut-être.

La réponse l'avait tellement surpris que sa mère lui avait répondu en souriant et en le serrant dans ses bras :

— Mais oui c'est beau ! C'est très beau !

Depuis ce jour, il avait regardé au loin les maisons se construire les unes après les autres, de nouvelles rues apparaître et quand l'école s'était installée, sa mère l'y avait inscrit. Il y avait appris à lire et à écrire. Mais surtout, il avait entrevu le monde, tellement plus vaste que sa ville, que les montagnes et les plaines. Il avait alors su qu'il n'hériterait pas de la ferme, que sa vie se construirait autour d'autres projets, dans un autre monde et qu'un jour il partirait.

Puis il y a deux ans, pour ses dix-huit ans, sa mère était

morte. Son père s'était muré dans un silence effrayant et s'était acharné plus que jamais dans le travail quotidien. C'est à ce moment-là que Luke avait décidé de quitter la ferme. Son père avait haussé les épaules, l'avait serré fort dans ses bras et lui avait simplement dit :
— N'oublie jamais d'où tu viens.
Luke aurait voulu partir à la capitale immédiatement, mais le chagrin l'avait retenu sur le quai de la gare, toute la journée et toute la nuit. La force et le courage lui avaient manqué. Le matin, un type l'air plutôt énervé l'avait accosté :
— Dis-donc toi ? T'as rien de mieux à faire que de regarder passer les trains ?
Luke avait levé la tête avec l'impression de revenir brutalement à la réalité, comme si le temps venait d'un seul coup de reprendre son cours normal et que tout se remettait à bouger autour de lui en même temps.
— Tu sais lire ? demanda le type.
— Oui, répondit Luke encore hébété.
— Tu connais un peu le coin ?
— Oui, oui je connais bien.
— Alors j'ai peut-être mieux à te proposer comme activité. Mon gars vient de me lâcher. Si tu veux bosser, le salaire est pas dégueulasse et t'auras une charrette et un cheval à t'occuper.
Luke avait accepté. Depuis, il desservait en courrier la ville de Redtown et ses faubourgs, du centre-ville au lac. Il aimait son travail, il connaissait tout le monde sans vraiment les connaître et tout le monde le connaissait sans vraiment s'intéresser à lui. Il voulait vivre à la ville, il était devenu une partie d'elle, familière à tout le monde, aussi évidente que le château d'eau et aussi invisible. Il était aux premières loges pour assister comme il l'avait

CHAPITRE 1 : LUKE

toujours fait, à l'évolution de Redtown, lente, mais immuable.

— Beaucoup de boulot, aujourd'hui ?

C'était Roger qui venait aux nouvelles. Le bureau de tri de Luke se trouvait dans la gare et quand il n'y avait pas de train, Roger y prenait une pause bien méritée !

— Non ça va, c'est plutôt calme !

Il souriait. Aujourd'hui il avait un paquet pour John, il allait passer une bonne soirée.

Chapitre 2
Luke

Luke commençait toujours sa tournée par la rue principale, celle qu'il avait vu se construire quand il était tout gamin. Il y avait tout dans cette rue : le bureau du shérif, la banque, l'épicier, le tailleur, l'armurier, l'apothicaire, l'église et bien-sûr, le saloon. Les gens qui y vivaient recevaient toujours beaucoup de lettres et en renvoyaient au moins autant. Luke se demandait ce qu'ils pouvaient bien s'écrire car lui ne recevait jamais rien. Une fois, au tout début, l'agence postale lui avait envoyé une lettre qu'il devait signer et retourner. C'était son contrat. Roger l'avait lu d'un air important et lui avait signifié qu'avec un tel salaire il pourrait à peine nourrir son cheval.

— Mon cheval mange tout seul Roger, lui avait répondu Luke, amusé. A la ferme de mon père, il a juste à baisser la tête et brouter ! Tu payes pour nourrir ton cheval toi ?

— Je n'ai pas de cheval ! Je pourrais en avoir un, c'est évident, mais je vis au cœur de la ville, je n'ai pas besoin de galoper partout, moi !

Luke avait pensé qu'il n'avait pas trop de mal à vivre en centre-ville. La compagnie de chemin de fer lui fournissait un logement de fonction dans la gare. Mais il ne dit rien. Il ne voulait pas heurter la fierté de Roger qui semblait trouver de l'importance au fait de gagner plus d'argent que lui.

Il est vrai que son salaire ne lui permettait pas de vivre en ville. Les loyers étaient trop importants, même dans les quartiers à l'écart du centre, et Roger n'avait pas forcement tort concernant le cheval. Quand on vivait en ville, si on ne possédait pas de box privé, il fallait laisser son cheval aux écuries. On s'occupait de le nourrir, l'abreuver et le surveiller pendant la nuit. C'était obligatoire pour des questions d'hygiène et de sécurité. Obligatoire et payant ! A la ferme, il y avait un box dans la grange et du foin à volonté.

Quant à construire sa propre maison, Roger avait bien rigolé :

— Tu as à peine de quoi te payer le notaire !

Luke savait qui était le notaire car c'était l'un de ses plus gros clients, mais il ne comprenait pas sa fonction. Roger lui avait expliqué qu'il lui servirait de guide dans l'obtention d'un acte de propriété et qu'il pouvait l'aider à trouver les intermédiaires les plus rentables pour faire aboutir son projet. Parfois, Roger aimait bien rappeler dans sa façon de parler qu'il venait de la capitale et que de fait, il en savait beaucoup plus que lui sur toutes ces questions.

— Mais si tu parviens à obtenir un prêt à la banque, avait-il conclu, il sera ravi de t'aider !

Luke était fasciné mais perdu. Son père avait construit sa ferme de ses propres mains, comme tous ses voisins. C'était à une autre époque !

Après en avoir fini avec la ville, Luke repassait prendre le reste de son courrier au bureau de la gare. Il mangeait un morceau avant de continuer sa tournée vers les fermes et ranchs alentour. C'est à ce moment-là qu'il en-

CHAPITRE 2 : LUKE

tendit les coups de feu et les cris. Il lâcha sa fourchette et se précipita dehors la bouche encore pleine. Un homme traversait la rue principale en tirant en l'air avec son revolver. Il portait un foulard qui cachait son nez et sa bouche. Un sac de jute bien rempli attaché à la selle, il galopait en frôlant les gens qui se trouvaient sur sa route.

Le shérif Mills et ses adjoints sortirent précipitamment de leur bureau mais le temps qu'ils se mettent en selle, le fauteur de trouble était déjà loin. Personne ne partit à sa poursuite.

La rue était extrêmement bruyante. Il semblait que toute la population de la ville s'y était réunie et y allait de son commentaire. Luke retourna finir son repas avant de se remettre au travail. C'était loin d'être la première fois qu'Alex faisait un braquage spectaculaire en ville et c'étaient toujours les mêmes scènes. Il croisa Roger qui faisait part à qui voulait l'entendre, de son incompréhension de ne toujours pas voir ce type passer devant la justice. Luke sourit. Roger avait des idéaux. Les gens qui partageaient son opinion employaient plutôt des termes comme trouer la peau, ou balancer au bout d'une corde. En sortant de la ville, Luke croisa William Ansfield assis sur son cheval, les yeux perdus vers l'horizon.

— Bon courage, Luke, lança celui-ci alors qu'il passait près de lui.

— Merci Monsieur Ansfield, répondit-il cordialement.

Après un moment d'hésitation, il demanda :

— Pardon, mais vous ne lui courez pas après, le type de tout à l'heure... Alex ?

— Courir oui, Luke, mais courir où ?

Puis il reprit sa pause contemplative.

Luke continua sa tournée à travers des domaines comme celui de son père. Il y avait encore de nombreuses exploitations des colons originels autour de Redtown. Quand son père parlait encore, il disait souvent que cette terre était inépuisable, que la ville ne grandirait jamais en direction des montagnes, car il faudrait toujours un fermier pour nourrir un citadin. Pourtant de nombreux fermiers revendaient une parcelle de leur terrain et des nouvelles maisons se construisaient régulièrement dans le secteur.

Vers la fin de l'après-midi, Luke déposa sa charrette chez son père et partit à dos de cheval livrer le dernier colis chez son ami. John habitait dans une cabane construite visiblement sans l'aide d'un notaire, dans le sentier sauvage qui longe le lac. La première fois que Luke avait eu un colis pour lui, il avait cherché désespérément « la maison du lac » inscrite sur l'adresse. Il avait fait l'aller-retour deux fois sans rien trouver. Finalement, alors qu'il allait abandonner à cause de la nuit qui tombait, un homme trapu aux longs cheveux gris l'avait arrêté :

— Ça doit être moi que tu cherches, gamin ! dit-il en montrant sa cabane du bout du doigt, t'as pas reconnu ma maison ?

Luke était passé deux fois devant. John, hilare, l'avait invité à manger et boire un coup. Intimidé, Luke avait accepté. Très vite l'atmosphère s'était détendue et depuis, il s'arrangeait toujours pour venir au début de soirée. Ils étaient devenus amis.

Quand il arriva, une appétissante odeur de viande rôtie lui chatouilla les narines. Un bon feu ronflait devant la cabane. John était assis à la bordure de la lumière. Son visage était animé par le mouvement des flammes qui lui dessinait un masque d'ombres mouvantes. Luke lui trouvait un air solennel peu habituel.

— Salut John ! J'ai un cadeau pour toi !

CHAPITRE 2 : LUKE

— Je sais bien mon gars ! Je l'attendais, mais j'étais pas pressé de le recevoir.

Luke haussa les sourcils, mais John ne pouvait pas voir sa question muette. Son regard vague restait perdu dans les flammes.

— Installe-toi, reprit-il, j'ai acheté de la gnôle. T'en veux un coup ?

— Pourquoi pas ? Mais dis-moi John, qu'est-ce qui t'arrive ? T'as fait le feu, t'as dépiauté la bestiole, d'habitude tu t'arranges toujours pour que ça soit moi qui le fasse !

John ne lui répondit pas et versa une rasade de gnôle dans une boîte de conserve. Luke remarqua que la bouteille était déjà bien entamée. Ce qui expliquait le regard vitreux de John.

— Ce soir, c'est moi qui régale !

Il leva la bouteille :

— A Redtown ! Il pouffa avant de boire. A chaque fois que j'y vais, j'ai l'impression désagréable qu'il y a plus de monde que la fois d'avant ! Y a des maisons partout maintenant.

— Y a des gens qui arrivent pratiquement tous les jours ! Ça grouille d'activité. D'après Roger ça fait monter les prix et tout devient plus cher. Mais Roger adore se plaindre ! ajouta-t-il après un temps de réflexion.

John ne réagit pas. Luke se demandait même s'il l'avait écouté. Décidément, John n'était pas d'humeur à rigoler ce soir. Il devint métaphysique :

— Tu vois comme c'est beau ici ? Cette harmonie, ce silence... Des sommets majestueux emprisonnés dans un ciel sans fin... Regarde autour de toi ! Un jour il y aura des maisons partout ! Ça ne restera pas sauvage éternellement. On est trop avide pour ça ! conclut-il en buvant directement à la bouteille.

— Qui ça « on » ? demanda Luke un peu perturbé par l'état de son ami.

— Les Hommes ! répondit John d'un ton solennel. Les Hommes sont avides et la fuite en avant a commencé ! Il est déjà trop tard pour ce petit coin de paradis. Crois-moi ! Et ce sera aussi un peu de ma faute, ajouta-t-il après un silence.

Luke but du bout des lèvres dans son verre improvisé. Il ne savait pas quoi dire. Habituellement, John était un boute-en-train prompt à la plaisanterie. Les conversations étaient faciles et banales. Mais ce soir quelque chose mettait John de travers. Luke ne comprenait pas ce que ça pouvait être. Il se demanda si John s'attendait à ce qu'il lui pose d'autres questions. Quand son ami lui tendit un gros morceau de viande bien juteuse, il se lança :

— Pourquoi ? Pourquoi est-ce que tu crois que ce serait aussi de ta faute ?

John le regardait d'un air étrange :

— Sais-tu ce qu'il y a dans ces montagnes ? demanda-t-il en les désignant d'un grand geste circulaire. Il y a du fer, poursuivit-il sans attendre de réponse. Du bon fer, bien solide, acheté par la compagnie ferroviaire. Acheté une fortune alors qu'il n'était même pas encore extrait ! Tu sais que j'ai pas toujours été réglo dans ma vie. J'ai pas mal ciré les paillasses de prisons.

Luke ne savait pas. Même si John pensait s'être déjà confié, il ne l'avait pas fait et il était suspendu à ses lèvres.

— La compagnie m'a proposé de me racheter en travaillant pour elle à la mine. Je pourrais même devenir riche, qu'ils disaient, et me fabriquer une nouvelle vie à l'ouest. Il fallait accepter de faire quelques extras sans poser de question.

CHAPITRE 2 : LUKE

John avala sa salive. Son visage était déformé par les émotions qu'il essayait de contenir. Pourtant, des larmes perlaient de ses yeux bleus.

— J'ai fait ce qu'on m'a demandé et ça m'a paru normal à l'époque, et même grisant...

Sa voix se brisa. Il essuya ses larmes d'un revers de manche. Il avait utilisé le bras qui tenait la bouteille. De l'alcool était tombé dans le feu, le faisant rugir soudainement.

— Tu comprends ? C'est un peu à cause de moi. J'ai sorti du fer de la montagne sans me poser de questions. La compagnie a tenu sa promesse, je suis devenu riche et j'ai trouvé une place dans leur société, mais j'étais devenu un homme bien pire qu'avant.

Un silence de plomb tomba. Même la nature semblait s'être tue, comme si elle prenait la mesure des paroles de John. Une bûche se fendit provoquant un nuage d'étincelles crépitantes.

D'une toute petite voix, presque murmurée, Luke demanda :

— Qu'est-ce que t'as fait John, qui te fait souffrir à ce point ?

John leva les yeux vers lui. Il fit un grand sourire qu'il parvint à faire monter jusque ses yeux encore humides :

— T'inquiète mon gars ! C'est mes fantômes tout ça !

Ça te concerne pas ! Ça me plaît que tu voies Redtown comme un coin de paradis. Ça me fait du bien ! Trinquons mon jeune ami !

Il leva sa bouteille, Luke y cogna sa boîte de conserve.

— A Redtown ! dit John, mais cette fois, comme tu la vois dans ton cœur !

Il finit la bouteille cul-sec. Ils terminèrent leur repas en silence. Beaucoup de questions germaient dans l'esprit

de Luke, mais il lui semblait que John avait mis fin à cette conversation. Il lui demanda tout de même :
— Pourquoi tu n'étais pas pressé de recevoir ton paquet ?
— Parce que c'est le dernier. J'ai tout ce dont j'ai besoin.
— Pour faire quoi ?
John lui répondit par un clin d'œil malicieux.
Ensuite, la conversation ne redevint jamais naturelle et plus tôt que d'habitude, Luke annonça à John qu'il était temps qu'il s'en aille. Il remonta sur son cheval :
— Tu sais que même si tu ne reçois plus de paquet, je viendrai te voir quand-même ?
— Je ne sais pas, Luke. John eut un sourire triste. Continue d'être un type bien, mon gars. Fais de ton mieux !
Puis il donna une tape sur la croupe du cheval qui se mit docilement au trot. Luke se retourna. John, immobile, le regardait partir sans bouger.
Luke restait abasourdi, car à moins qu'il ne se trompe, son ami venait de lui faire ses adieux.

Chapitre 3
Alex

La lueur du feu de camp éclairait le visage buriné d'Alexander Brown, les flammes dansaient dans ses yeux noirs. Sous les rides de son front, son regard était toujours dur, comme s'il était éternellement en colère, y compris dans les moments d'apaisement comme celui-ci. Il était assis devant l'entrée de la grotte qui lui servait de refuge, et contemplait le paysage magnifique de la montagne à la lumière de la lune. L'eau du lac scintillait en contrebas. Seuls les craquements du feu troublaient le silence de la nuit. Un lapin rôtissait. Son parfum lui mettait l'eau à la bouche. Ce soir, il l'accompagnerait de haricots rouges, une partie de son butin du jour.

Alex était aux yeux des autorités, un hors-la-loi. C'était devenu vrai avec le temps, depuis sa sortie de prison. Alex considérait qu'il vivait librement et que c'était la loi qui était venue jusqu'à lui pour le rejeter.

Ses parents faisaient partie des premiers colons venus bâtir ce qui s'appellerait un jour Redtown. Des « pionniers de la terre », comme aimait le dire son père, partis vers l'ouest pour y trouver une nouvelle vie.

— Ici, tout est à construire, disait-il. La terre est riche, la nature est providentielle. En vivant ici, l'avenir nous appartient !

Malheureusement, l'avenir s'était arrêté pour lui avec la soudaineté d'un dernier battement de cœur. Quelques années plus tard, alors qu'Alex allait sur ses quinze ans, son père était entré dans la maison, avait ouvert la bouche pour parler, s'était arrêté net, l'air passablement surpris, et était tombé raide mort sur le pas de la porte.

Alex était encore un peu trop jeune pour reprendre la ferme. Des voisins s'étaient proposés pour louer leurs terres et apprendre au jeune fils à les exploiter. Mais Alex ne voulait pas être fermier. Alex voulait continuer de faire ce qu'il avait toujours fait depuis qu'il était tout gamin, s'enfuir dans les bois, courir la montagne, apprendre à pêcher, à chasser, à vivre par ses propres moyens.

Il n'avait jamais réussi à établir de relation avec les autres enfants de son âge. Les enjeux qui se jouaient en société lui avaient toujours paru étranges et dangereux pour lui. Et surtout tellement compliqués ! Il ne s'était jamais senti aussi bien que seul, loin du village, sur le corps de la montagne, où tout était simple et harmonieux.

Son foyer restait son refuge, mais son refuge vide de la présence paternelle l'effrayait. Il ne voulait pas voir les murs que son père avait construits abriter son fantôme. Il voulait disparaître dans sa montagne et ne plus voir personne, y compris sa mère qui refusait de le comprendre. Il avait fait un baluchon de toutes ses affaires et s'était enfui ! Littéralement. Profitant qu'elle avait le dos tourné, il était parti en courant.

Il vécut ainsi coupé du monde, pendant cinq années, puis un jour, il retourna au village pour y retrouver sa mère, la maturité et le recul lui ayant fait comprendre certaines choses. Mais celle-ci était repartie à la capitale, dans sa famille. Elle avait vendu la ferme. Pour la première fois de sa vie, Alex s'était senti vraiment seul, et,

CHAPITRE 3 : ALEX

paradoxalement, vraiment chez lui.

Ensuite, il était devenu moins radical dans ses relations avec les autres humains, faisant même commerce avec eux. Beaucoup savaient qui il était et connaissaient son histoire. Il ne se cachait plus pour vivre mais continuait de garder ses distances avec le village, qui grandissait lentement.

Puis un jour, il vit des hommes qu'il ne connaissait pas couper les arbres de la forêt, débiter les troncs, les faire flotter jusqu'à la rive opposée du lac, les atteler à des chevaux, les amener dans la vallée, à l'endroit où le terrain redevenait plat. Les hommes scièrent et assemblèrent deux lignes parallèles de bâtiments. Il assista, attentif, à la naissance de la ville.

Puis un jour, un homme était venu l'informer que le territoire où il chassait était le sien, que le gibier de cette zone lui appartenait. Soit il partait, soit il acceptait de travailler pour lui. Alex n'avait jamais rien entendu d'aussi stupide. Quel intérêt avait-il à chasser un lapin pour l'échanger contre de l'argent, qu'il irait ensuite échanger contre un lapin ? Alex avait haussé les épaules et continué à vivre comme il l'avait toujours fait, en subvenant lui-même à ses propres besoins. Ce n'est pas parce que des hommes avaient planté des panneaux de bois sur la montagne qu'elle leur appartenait. Les gens avec qui il avait l'habitude d'échanger se détournèrent au fur et à mesure de son commerce, sauf quelques-uns des plus anciens, par solidarité, ou par habitude.

Puis un jour, des hommes de lois l'avaient appréhendé et enfermé au motif de braconnage, donc de vol. Enfermé ! Lui qui n'avait pas vécu entre quatre murs depuis ses quinze ans ! Malgré les paroles apaisantes d'Ansfield, la colère qui cherchait déjà depuis quelques mois son chemin dans le cœur d'Alex, y avait trouvé son terreau et s'y était enracinée.

A sa sortie de prison, une fois la nuit tombée, Alex avait rejoint l'ancienne ferme de son père. Allongé dans une rangée de maïs, les doigts dans la terre et les yeux dans les étoiles, il avait médité longuement, en caressant la cicatrice de la paume de sa main. L'ouest semblait s'étendre à l'infini. Il y trouverait sûrement la paix. Pourquoi rester et essayer de s'intégrer dans un système qui l'avait d'office exclu et enfermé ?

Alex avait décidé de franchir totalement la barrière de la loi afin de rester du côté où celle-ci l'avait placé. Il avait traversé la montagne, la laissant derrière lui comme une frontière naturelle entre son ancienne vie et celle qui l'attendait. Il avait rejoint une bande de hors-la-loi, avant de s'en affranchir dans la violence et la douleur, pour finalement, retourner vivre chez lui, dans sa montagne. Parce qu'elle était son foyer. C'était ici, à Redtown, qu'étaient ses racines. C'est ici qu'était sa place. Depuis, il braquait régulièrement les commerçants de la ville pour se procurer de quoi améliorer son confort quotidien, rappelant ainsi au shérif Mills et à son adjoint Ansfield qu'il était toujours libre et qu'il ne se soumettrait jamais à leur modèle de société.

Des bruits de pas sur le sentier mirent Alex en alerte. Sa main se déporta vers son arme mais une voix l'interpella :

— Doucement mon gars, t'auras pas besoin de ça !

Deux hommes pénétrèrent dans la lueur du feu. L'un était fin et élégant. L'autre était une armoire à glace, bien plus intimidant mais tout aussi bien habillé. Alex ne bougea pas, repéra les armes dans les ceintures et le sourire carnassier de celui qui s'installa en face de lui. Le costaud entra dans la grotte. L'autre type l'inspecta des pieds à la

CHAPITRE 3 : ALEX

tête pendant qu'Alex restait impassible.
— Du lapin hein ? Je crois qu'il est bon maintenant, dit-il en le retirant du feu.
Le grand revint s'asseoir en prenant soin de ne pas casser les plis de son veston et murmura quelques mots à l'oreille de l'autre.
— Moi je suis Paul et le grand là, c'est Jack.
Paul sortit son couteau, détacha les pattes du lapin pour les passer à son collègue et sans plus de cérémonie, croqua à pleines dents dans la chair, directement sur le bâton !
— Hum, soupira-t-il, c'est vraiment bon de manger comme ça ! Ça fait combien de temps qu'on n'a pas mangé à même la broche Jack ?
L'autre ne répondit pas, suçant avec soin la viande des os, sans lâcher une seule seconde Alex du regard.
Paul entama son discours, la bouche toujours pleine !
— Jack me dit que t'as la belle vie là-dedans ! Des armes, des munitions, de la vaisselle, un matelas ; ça c'est confort ! ponctua-t-il en avalant. Il paraît même, que tu as un coffret rempli d'argent et de bijoux... Plutôt étonnant pour un type qui vit dans la nature, tu ne trouves pas Jack ?
Il croqua une nouvelle bouchée, du jus coulait sur son menton, dégoulinant sur son costume hors de prix. Jack répondit par un bruit de succion écœurant et jeta un os dans le feu. Apparemment, Paul ne posait que des questions rhétoriques car ce fut là sa seule réponse.
— Je comprends, ça doit être marrant d'acheter des trucs dans une boutique que tu viens juste de braquer avec...
— J'achète rien, grogna Alex.
— Ah ! s'exclama Paul, il parle ! Qu'est-ce que tu disais ?

Paul attendait poliment sa réponse, l'œil curieux.

— Je n'achète rien ! finit par répondre Alex. Je vole c'est tout.

Paul écarta les bras l'air approbateur :

— Mais oui ! Justement ! Je t'explique. Nous on bosse pour le vieux Tony ! Il a déjà une petite entreprise qui tourne bien à la capitale. Mais Tony est un homme ambitieux qui a besoin d'argent pour gérer son business.

Jack jeta un os dans le feu. Alex commençait à en avoir marre de ces deux types et de leur numéro :

— Prenez le coffret et cassez-vous !

— Non, non ! Pas du tout, pas du tout ! se récria Paul d'un ton rassurant, on venait juste te prévenir que Tony pense que Redtown est une ville prometteuse pour ses affaires, mais il ne veut prendre la place de personne ! Tu comprends ?

Il laissa passer un silence.

— T'as déjà bossé en équipe ?

Paul n'avait pas cessé de manger, il avait maintenant de la graisse sur tout le visage.

— Oui, répondit Alex, voyant que Paul pourrait passer la nuit à attendre sa réponse.

— Et alors c'était comment ?

Dans sa bande, Alex avait surtout appris que l'homme n'était pas fait pour vivre en société : querelles d'ego, manipulations, hypocrisie, trahisons, mensonges, meurtres... Toujours au nom de grands principes : liberté, justice, ou n'importe quel autre du moment qu'ils justifiaient leurs actes.

— Stupide de ma part.

— Et ta bande, qu'est-elle est devenue ?

Alex se demandait comment ce type faisait pour avoir l'air de connaître en avance les réponses aux questions

CHAPITRE 3 : ALEX

qu'il posait, et pourquoi il ne pouvait s'empêcher d'y répondre !
— Rien, ils sont tous morts... J'ai tué les derniers.
Les yeux de Paul pétillaient. Jack jeta un dernier os dans le feu. Paul lui tendit la carcasse et il s'occupa de prélever les derniers morceaux de viande. Aucun des deux ne quittait Alex des yeux.
Ce silence lui était insoutenable :
— Je ne suis pas un tueur ! lâcha-t-il, c'était eux ou moi ! Je ne tuerai pas pour vous, c'est hors de question !
Paul se pencha vers Alex et dit doucement :
— Ça soulage quand même. Quand la colère se transforme en puissance, ça fait du bien.
Alex avala sa salive.
— Bien ! reprit Paul d'un ton enjoué, ce n'est pas pour ça qu'on est venu te voir. Nous, tout ce qu'on veut, c'est s'associer avec toi, car ton exploit d'hier midi, tu l'as fait chez quelqu'un qui est déjà associé avec nous. Il nous donne une part de ses ventes et tout ce que tu lui voles, il ne peut pas le vendre ! On ne peut pas se permettre que tu braques nos commerçants sans rien nous rendre ! C'est le business !
Alex sentit un grand froid l'envahir et une boule se former dans sa gorge.
— Maintenant Jack va ponctionner notre part du jour, c'est ce qui scellera notre accord. Ok ?
La carcasse du lapin vola dans le feu. Jack disparut dans la grotte et revint avec quelques billets.
— Tu vois ce n'est pas grand-chose, dit Paul. Maintenant, à chacune de tes sorties, tu penseras bien à nous garder une petite part de côté ? Il s'essuya la bouche avec sa manche et les mains sur son pantalon. Parce que je ne sais pas si je te l'ai déjà dit, il vaut mieux éviter de jouer au plus

malin avec le vieux Tony ! Allez viens Jack, on va laisser notre nouvel associé finir de manger tranquillement.

Ils disparurent sans laisser à Alex le temps de protester. Il serra les poings, sans bouger, le regard fixe. Il resta immobile pendant un bon moment, puis soudain il laissa exploser sa rage. Il se leva et balança en hurlant sa boîte de haricots dans la nuit

Chapitre 4
William

— Le shérif veut te voir dans son bureau, William.
William referma le dossier sur lequel il travaillait et soupira. Il s'y attendait. Il se leva pour aller se faire engueuler.
Quand il franchit la porte, il sut au premier coup d'œil qu'il ne s'était pas trompé. Le shérif Mills était assis bien droit dans son fauteuil, son regard le plus dur et le plus autoritaire fusait de dessous son stetson. Il faut dire que sans son chapeau, l'autorité de Mills en prenait un sacré coup ! Même s'il avait su garder le charisme des hommes qui ont vécu au grand air, les rides de son visage, son embonpoint et l'affaissement de ses épaules s'en trouvaient nettement plus marqués. Sans son chapeau Mills, ressemblait à ce qu'il était : un vieil homme fatigué.
William s'assit, plutôt intrigué, car à moins qu'il ne se trompe, Mills avait également lustré son insigne.
— A quoi tu penses, Ansfield ? lança Mills qui avait suivi le regard de son adjoint.
— Je pense que d'avoir aménagé un bureau spécialement pour le shérif est une bonne idée. Ça impressionne les nouvelles recrues.
Mills s'empourpra légèrement et gueula franchement :
— Te fous pas de ma gueule William ! Si tu continues

tes conneries, rien ne dit que tu vas récupérer l'insigne. Surtout quand tu me fais un coup comme hier, mais qu'est-ce que t'as foutu bon Dieu ?

William ne répondit rien. Mills rentrait rarement aussi vite dans le vif du sujet. Il devait vraiment être à bout de nerfs. Ce simulacre d'autorité devait lui faire du bien, il ne voulait pas l'en priver.

— Quand un type débarque en ville pour faire un braquage, ton rôle c'est de l'arrêter ! Pas de le regarder tranquillement foutre le camp, le cul planté sur ta selle ! Putain Ansfield ! On passe pour des cons, assis derrière nos bureaux ! La prochaine fois, galope, soulève la poussière et colle-lui un pruneau dans le dos. Les gens verront qu'on sert encore à quelque chose et ce type arrêtera définitivement de nous emmerder !

William tiqua. Mills le provoquait, il savait très bien comment s'y prendre.

— Alexander Brown. Tu m'as convaincu de lui accorder un procès, alors que de tas de gens riches et influents voulaient sa tête. « Le monde change Mills, que tu m'as dit, on n'exécute plus les voleurs de poules, la justice doit venir jusqu'ici et s'installer, nous sommes ses émissaires... » On a fait le procès, les puissants n'ont pas mangé le faible et le faible a purgé une peine équitable par rapport à sa faute. La justice a triomphé. C'était beau ! Exemplaire ! Mais me prends pas pour une bille William, je sais que pour toi, tu as échoué ! Brown est ressorti d'ici encore plus en colère et haineux du monde entier malgré tout ce que t'as bien pu lui raconter. Ce type-là, représente l'échec du système que tu défends. C'est pour ça que tu le laisses courir ! Pour pas oublier le goût de la désillusion. Pour te souvenir de l'amertume d'avoir fait exactement ce qui devait être

CHAPITRE 4 : WILLIAM

fait, et d'avoir quand même échoué. Mais écoute moi bien William, un jour, faudra que tu l'attrapes ! T'auras pas le choix ! Ton histoire avec Alex va finir par te péter à la tête ! Y a des symboles qu'on ne peut pas laisser traîner indéfiniment dans la nature, ils finissent par devenir trop lourds de sens.

Le silence qui suivit était encore imprégné du discours du shérif. William était scié. Toute trace de condescendance avait disparu de son attitude. Mills avait tapé fort, et juste. Il n'avait plus de sarcasmes à décocher. Il se considérait comme quelqu'un de calme, réfléchi et bienveillant, ce qui ne l'avait pas empêché apparemment d'être hautain avec Mills.

Sa réussite professionnelle et son influence sur la ville l'avaient grisé. Il n'avait même pas envisagé que son chef ait compris autant de choses sur lui. En fait, bien qu'il aimât beaucoup Mills, il ne lui avait jamais vraiment prêté cette qualité de réflexion. Il s'inquiétait de savoir combien de fois son attitude avait pu être limite sans que jamais Mills ne bronchât, quand celui-ci lui tendit un papier qui ressemblait à une lettre.

— Tiens, lis ça, Luke me l'a amené ce matin.

L'en-tête indiquait la mairie centrale de la capitale, service juridique. C'était un texte officiel, légèrement ampoulé qui signifiait avec beaucoup de grâce élogieuse que Mills se faisait virer de son poste. Qu'il y a un moment où un homme doit prendre sa retraite pour le bien de tous.

— Je sais pas quoi te dire, Mills, dit-il en rendant la lettre, c'est...dégueulasse.

Mills ôta son chapeau, le posa avec soin sur son bureau, puis il s'affaissa sur son siège en se frottant le visage avec les mains. Il poussa un profond soupir.

— Te fatigue pas va, ils ont raison. Je suis dépassé. Je

ne comprends pas la moitié des procédures qu'on m'impose, j'ai des paperasses qui traînent partout. Je le vois bien que je suis perdu. Quand je suis entré en fonction, Redtown était un village de pionniers. On rendait la justice sur le dos d'un cheval avec une corde et un fusil. Regarde aujourd'hui ! Et c'est pas fini ! Cette ville a besoin de quelqu'un qui comprend mieux que moi le monde de demain, mais qui connaît aussi son histoire. Je ne veux pas qu'un parvenu de la capitale prenne ma place. Il faut que ça soit toi, William. Toi et cette ville avez grandi ensemble, vous vous êtes enrichis l'un l'autre. Quand tu es venu pour chasser la bande de Bobby Watson, tu as lié ton destin à celui de Redtown. Il faut que ça soit toi ! Alors, s'il te plaît, évite les plans foireux comme hier et prouve rapidement aux huiles de la capitale que tu es l'homme de la situation. Fais un gros coup, et vite ! Récupère l'étoile. Je pourrais partir sereinement. Ça fait combien d'années que tout le monde croit que c'est toi le shérif de toute façon ?

William regarda Mills dans les yeux de beaucoup moins haut que d'habitude et ne sut pas trouver les mots.

— Tu peux disposer Ansfield !

William se leva. Juste avant de sortir il lui dit :

— Tu sais, c'est bien de travailler avec toi, Mills. T'es vraiment un bon shérif.

— Évidemment que je suis un bon shérif ! Regarde, ils m'ont aménagé un bureau !

Chapitre 5
Luke

Pour la quatrième fois cette semaine, Luke se réveilla beaucoup plus tôt que d'habitude. Il était encore fatigué mais son esprit lui interdisait de se rendormir. Résigné, il se leva une nouvelle fois en avance, grignota rapidement un morceau de pain et fit sa toilette. Il partit accomplir son rituel quotidien, la tête basse, persuadé qu'il ne reverrait plus jamais John.

Le lendemain de sa dernière visite, Luke avait repassé le fil de leur conversation. Il était persuadé que John lui avait fait ses adieux. Il y était retourné le soir même pour lui poser plus de questions. Il n'avait pas d'autre ami comme John et il refusait l'idée de le perdre sans plus d'explications. Luke n'avait trouvé aucune trace de John. Il l'avait appelé, tambouriné à la porte fermée, sans résultat. Il s'était assis à sa place bien décidé à attendre jusqu'à la tombée de la nuit, au cas où John reviendrait.

« C'est le dernier. J'ai tout ce dont j'ai besoin. »

John manigançait quelque chose et sa disparition subite, sans donner d'explication, ne laissait présager rien de bon. Devait-il prévenir le shérif ? Probablement. Il lui parlerait en amenant le courrier le lendemain matin.

Finalement, il s'était attardé deux jours de suite, l'air perdu, dansant d'un pied sur l'autre, devant le bureau de

Mills. Il hésitait à se lancer. Et si le projet de son meilleur ami était illégal, pouvait-il vraiment le dénoncer ?

La veille, Ansfield était venu vers lui, il s'était encore dégonflé. Il avait fui se sentant oppressé comme s'il était poursuivi.

Il était retourné errer sur les sentiers sans autre espoir que de tomber sur John par hasard. Il avait trouvé la porte de « la maison du lac » entrouverte. Surpris il était entré prudemment. Il n'avait jamais mis les pieds chez John. Ils avaient passé tout leur temps ensemble à l'extérieur ! Cela lui avait paru naturel. La cabane était composée d'une pièce unique contenant le strict minimum de mobilier. Une table sur laquelle était posée une lampe tempête, une chaise, une grande étagère vide, excepté un peu de vaisselle en bois et une paillasse.

Pourquoi John aurait-il fabriqué une si grande étagère pour n'y entreposer que quelques pièces de vaisselle ? En regardant de plus près, il avait remarqué des contours de formes rectangulaires marqués distinctement dans la poussière. Luke avait acquis la certitude que John y avait entreposé tout ce qu'il lui avait livré et qu'il venait juste de les emporter.

« Demain je parle au Shérif ! s'admonesta Luke. Il faut que je sache ce qu'il y avait dans ces paquets ! Qu'on trouve un indice, n'importe quoi, qui permette de retrouver John ! »

Son cheval s'arrêta. Surpris, Luke leva la tête et regarda autour de lui. Il n'avait pas remarqué qu'il avait dépassé la gare. Son cheval l'avait amené machinalement à l'endroit habituel. Sauf que ce matin, il n'était pas seul. Un homme s'affairait sur les voies à quelques mètres de lui. Il était tellement absorbé par sa tâche qu'il ne l'avait même pas entendu arriver.

Luke reconnut la silhouette de John.

Chapitre 6
William

William se laissait porter par le pas de son cheval. Il errait dans la ville, perdu dans ses pensées. Il rendait machinalement les saluts que les gens lui envoyaient. Il était une figure appréciée et respectée de cette ville, succéder à Mills lui avait toujours paru naturel. Il s'imaginait qu'il en était de même pour tout le monde à Redtown. Ce qui était sûrement vrai ! Après tout, il était populaire, déjà adjoint, et représentait aux yeux de beaucoup la transition vers une nouvelle société plus civilisée.

Les dirigeants, à la capitale, avaient beaucoup d'ambition pour Redtown. Ils avaient vu la richesse de ses terres, le fer dans ses montagnes et sa situation géographique idéale, à la croisée des routes du sud et de l'ouest. Ce fut une bourgade de colons, des hommes fiers et rudes qui avaient tout bâti de leurs propres mains. Cependant, la loi de l'ouest sauvage y régnait. Les gangs s'installaient dans les montagnes et s'appropriaient ces nouveaux territoires. Les colons vivaient groupés et s'organisaient pour défendre leurs biens et leurs familles. C'étaient des hommes courageux, emplis de valeurs humaines et morales admirables ! Autant de faiblesses face aux membres des gangs sans foi et sans pitié. Leur mépris pour la vie et leur goût pour la violence leur avaient fait remporter la partie. Les colons avaient fini par céder. Ces bandes régnaient par la terreur sur le territoire de Redtown.

Bien entendu, le gouvernement savait tout cela et avait laissé faire, dans une certaine mesure. Ces bandits étaient pour la plupart des soldats qu'il avait lui-même transformé en animaux pendant leur entraînement. Quand la guerre s'est terminée, la plupart d'entre eux n'étaient plus capables de se réintégrer dans une société en paix. Ils étaient jeunes et tout ce qu'ils avaient fait de leur vie était de tuer pour survivre.

Heureusement, le gouvernement avait toujours besoin de ses créatures pour conquérir l'ouest. Il leur avait proposé une nouvelle guerre contre des ennemis qui n'étaient là que pour se faire massacrer. Il les payait grassement, développant leur cruauté et leur avidité. Même les pires engeances de l'humanité avaient des rêves, et les gouvernants avaient tout fait pour les entretenir. Ils leur avaient ensuite promis la liberté, la richesse et la rédemption contre un travail difficile dans les mines. Ils les avaient exploités à l'envi, dans leur propre intérêt.

Gouvernants et entrepreneurs étaient maintenant devenus riches. Le système fonctionnait. Ils avaient épuisé cette réserve d'humanité les abandonnant à leur sort dans les terres de l'ouest. Les bandes étaient composées de tous ces gens, anciens mineurs, anciens soldats, et autre main-d'œuvre sans avenir dans le monde qu'ils avaient contribué à bâtir sans le savoir.

Le gouvernement façonnait un nouveau monde civilisé, en vendant des rêves de richesse, de prospérité et d'ascension sociale, à une population des villes de plus en plus nombreuse. Les peuples commençaient à affluer du monde entier pour poursuivre ce rêve. Le temps était venu d'exploiter les richesses des colonies de l'ouest et

CHAPITRE 6 : WILLIAM

d'y répandre les nouveaux idéaux. Il fallait agir vite : éliminer les bandes pour reprendre le contrôle du territoire, ouvrir une voie commerciale ferrée et élever Redtown au rang de ville civilisée et prospère.

William avait conscience de tout cela, sûrement beaucoup plus que la plupart des gens qui vivaient leur vie sans se poser toutes ces questions. Il avait adhéré à ces valeurs, conscient que pour poursuivre un idéal de société, des sacrifices étaient nécessaires.

Le plan était simple et cynique : intégrer une bande, s'y faire des amis, les manipuler de l'intérieur pour les pousser à s'entre-tuer. Il avait compris leurs mécanismes, leur code d'honneur si particulier, joué sur leurs faiblesses. Il avait fait un travail parfait avec Bobby. William était devenu son protégé, s'était fait aimer de lui et avait atteint son objectif : il avait nettoyé la région.

Bobby avait eu un procès spectaculaire, marquant définitivement le début d'une nouvelle ère pour Redtown dont William en était le principal artisan. Mis en avant, reconnu, récompensé et adulé par la ville, nommé shérif adjoint malgré son jeune âge, William était fier d'avoir œuvré aussi efficacement pour la société à laquelle il croyait. Pourtant, tout au fond de son cœur, une ombre s'était installée, discrète mais qui l'empêchait de savourer pleinement sa victoire. Car parmi tous les êtres monstrueux auxquels il s'était mêlé, l'un d'entre eux l'avait aimé et tout sacrifié pour le protéger, William avait vaincu Bobby grâce à son amour.

Bon sang ! Mills avait raison au sujet de l'amertume. Il laissait courir Alex parce qu'il lui rappelait l'ancien monde. Il lui rappelait Bobby.

Il reprit ses esprits et rentra au bureau. Cela faisait déjà trois jours qu'il tournait en rond, il devait se ressaisir. Il s'installait à son bureau, quand Luke franchit la porte. Il était déjà venu la veille, très agité et s'était enfui avant que quiconque ait pu l'aborder.

Pour William, il avait quelque chose à leur dire mais n'osait pas. Cette fois, il se dirigea vers lui pour essayer de le mettre à l'aise et le pousser à se confier. Luke partit en courant avant qu'il puisse prononcer un mot. Il repensa à leur courte conversation après le braquage d'Alex. Le métier de Luke le faisait côtoyer toute la ville, peut-être avait-il une information qui pourrait l'aider à obtenir sa promotion.

William commença sa filature.

CHAPITRE 7
John

John plaçait les plastiques contre les rails. Quand le train passera, ça fera un sacré feu d'artifice ! Le métal qui s'effondrera produira un son des plus jouissifs ! Il espérait que le gouvernement regretterait de l'avoir formé au maniement des explosifs ! Après avoir détruit la ligne de Redtown, il ferait pleuvoir sa colère sur la capitale, jusqu'à ce que la mort l'arrête. Ils l'avaient transformé en monstre, ils allaient en payer le prix.

— John ?

Il enfonçait les fiches connectées au détonateur quand la voix de Luke le fit sursauter. Il se leva d'un bond.

— Putain Luke ! Qu'est-ce que tu fous là ? Tu m'as suivi ?

— Ça fait des jours que je te cherche ! T'avais disparu ! Je ne vois pas bien comment j'aurais pu te suivre ! Je viens ici tous les matins, si j'avais su !

— Tu peux pas rester, Luke. Pas ce matin !

John vit le regard de Luke se poser sur le détonateur et suivre les fils. Pas sûr qu'il soit calé en explosifs, mais son ton avait changé quand il lui demanda :

— C'est quoi ça John ? On dirait...

— Casse-toi Luke ! Prends ton putain de cheval et rentre en ville !

Il essayait d'être agressif et déterminé. Pourtant, la peine et la panique sur le visage de son ami lui déchiraient le cœur. Quel idiot ! Il s'était juré de rester à l'écart, d'éviter les contacts inutiles, mais ce gamin perdu sur le sentier l'avait touché. Et voilà qu'aujourd'hui sa seule erreur était sur le point de tout gâcher !

— C'est ce que je craignais, reprit Luke, le dernier paquet... Tu préparais quelque chose ! Mais ça peut pas être ce que je crois ? Dis-moi que c'est pas ça John !

John était nerveux, le train allait arriver et il n'aurait pas de deuxième chance. Il lui répondit sur un ton de défi :

— C'est exactement ça ! Je vais exploser cette saloperie de train !

Il courut jusqu'au détonateur, espérant que Luke le suivrait, mais celui-ci resta planté à deux mètres des pains d'explosifs. Il allait sauter avec le reste !

— Un kilo d'explosif, une bobine de fil et un interrupteur ! Voilà tout ce qu'il faut pour foutre en l'air le monde moderne ! hurla John, et tu sais quoi ? C'est toi qui m'as tout livré ! J'ai tout acheté par correspondance, petit à petit, pour ne pas éveiller les soupçons. C'est ça qui est génial, tu piges ? C'est le train qui m'a apporté le moyen de le détruire. On peut tout faire avec du pognon, et je suis riche ! T'as pas idée comment je suis riche !

Luke écoutait sans bouger, sans être sûr de comprendre. Comment son ami pouvait-il être le même homme que celui, hystérique, qui s'apprêtait à faire sauter son train ?

— Bouge de là ! Ou tu vas sauter avec ! Je te promets qu'on ne m'arrêtera plus. Je vais appuyer Luke ! Sauve ta peau !

Des centaines de pensées se bousculaient dans la tête de Luke, mais il avait la sensation d'avoir l'esprit vide,

CHAPITRE 7 : JOHN

rempli de cette seule question : Pourquoi ?
Il l'avait hurlée.
— Parce-que c'est la mort qui roule sur le monde ! Tu ne peux pas imaginer ce qu'on m'a demandé de faire pour que ce train passe par ici ! Et c'est pas fini ! Combien encore vont devoir mourir ? Tout le monde profite et est heureux du système sans savoir sur quoi et comment il est bâti. Je ne peux pas rester sans rien faire, je ne peux pas ! Un jour Luke, cette civilisation apportera la fin du monde, je te le promets ! Personne ne le voit, je dois leur montrer !
— Ils mettront un autre train John, ils parlent même de doubler la voie...
Impossible qu'il l'ait entendu. Cette fois, les mots étaient restés coincés dans sa gorge.

Après les cris, le silence était pesant. Malgré la distance, John et Luke ne se quittaient pas des yeux.

Luke n'avait pas vraiment conscience d'avoir décidé qu'il ne bougerait pas, mais il savait que c'est ce qui allait se passer. Il allait peut-être mourir ce matin, de la main de son seul ami.

John avait les mains crispées sur les poignées du détonateur, de la sueur lui tombait dans les yeux.

Au loin, le bruit du train commençait à se faire entendre. Dans quelques secondes, il contournerait la falaise. John tremblait, le bruit de sa respiration précipitée remplissait tout son univers.

Le souffle d'air ébouriffa les cheveux de Luke et la crinière de son cheval. Le train était passé filant sa route vers Redtown.

John n'avait pas appuyé.
Un homme se jeta sur lui, et le plaqua au sol.

Chapitre 8
Le procès

Il y eut un grand procès. Tout Redtown était présent, même les hauts-fonctionnaires de la capitale étaient là. C'était le plus grand procès depuis l'affaire Robert Watson et déjà à l'époque, William Ansfield était impliqué dans l'arrestation du criminel.

La foule l'admirait et ne tarissait pas d'éloges à son sujet, persuadée en le regardant d'avoir devant elle le nouveau shérif : un homme fort soutenu par une administration puissante. La foule était rassurée, car la justice de l'état s'appliquait. Ce procès était un tournant dans l'histoire de la ville, annonçant le début d'une nouvelle ère, plus prospère encore.

Dans la foule, l'épicier qui s'était fait dévaliser par Alex, pensait aux gorilles en costume qui venaient lui ponctionner un pourcentage de ses bénéfices à la fin de chaque semaine. Il se demandait si Ansfield avait des soupçons de ce qu'il endurait et s'il était le seul dans cette situation. Il ne savait pas, mais il n'en parlerait pas, car il prenait ces hommes très au sérieux. Il ne voulait pas voir ses deux enfants mourir sous ses yeux.

Dans la foule, le père de Luke pleurait en silence, comme il le faisait depuis deux ans, le visage impassible. Il ne pensait pas que Luke ait pu faire ça, mais un doute coupable le tenaillait car finalement, cela faisait bien longtemps qu'il n'avait plus parlé à personne, y compris à son propre fils.

Dans la foule, Mills s'était effacé pour assister au triomphe de son adjoint. Il avait suivi chaque minute du procès avec la plus grande attention, avec le recul du professionnel qui voyait le monde se trouver de nouveaux repères alors que lui-même était en train de perdre tous les siens. Il se dit que William était vraiment l'homme de la situation et il était fier de lui.

Cependant au milieu de la foule, il avait ressenti la puissance de l'émotion collective et l'impact des discours habiles des fonctionnaires qui l'avaient poussé dehors. Bien malgré lui, il se dit que les propos de l'accusé n'étaient pas tant dénués de sens que ça.

John avait dit tout ce qu'il avait à dire, avec la conviction de la passion, mais la foule le haïssait. Il le voyait bien. Finalement, ce qui aurait pu être sa tribune pour ouvrir les consciences s'est trouvé être une farce savamment orchestrée dont il était le dindon. Les juges et toute la cour ont démoli ses propos point par point, les tournant en dérision sous les vivats de la foule. Même son avocat commis d'office plaida la folie.

Le juge le condamna au bagne à perpétuité. La foule applaudit et John eut pitié d'eux. Il préféra les ignorer. Il pensait à Luke qu'il avait entraîné malgré lui dans cette histoire. Il leur jura qu'il était innocent, qu'il avait agi seul. Il ne sut pas si les juges en tinrent compte car il fut emmené avant la comparution de Luke. Ce fut son seul regret quand il quitta le procès, car il aimait sincèrement ce garçon.

Luke ne cessa de répéter qu'il avait tout fait pour empêcher John de commettre son acte et qu'il n'y était pour

CHAPITRE 8 : LE PROCÈS

rien. Il lançait des regards désespérés à la foule. Il en connaissait chaque visage et chaque visage le connaissait. Quelqu'un allait bien finir par parler en sa faveur ! Mais personne ne parla, pas même son père qui pleurait en silence.

En dernier recours, il plongea ses yeux dans ceux du futur shérif Ansfield car il savait que lui, avait été témoin de la scène et qu'il avait le pouvoir de l'innocenter. Ansfield baissa les yeux et ne dit rien. Luke fut condamné à la prison pour complicité.

Quant au héros du jour, après que les accusés furent emmenés hors du tribunal, il reçut officiellement l'insigne de shérif, au grand plaisir de la foule qui l'ovationna chaleureusement.

Les hauts-fonctionnaires firent un discours qui la rendit fière d'appartenir à la première contrée civilisée de l'ouest sauvage, carrefour entre le monde moderne et le monde à conquérir.

Ansfield sourit et fit tout ce qu'on attendait de lui, mais il était hanté par le regard de Luke qui appelait son aide. C'était lui le vrai héros, mais il avait choisi de le sacrifier pour un intérêt supérieur. Il pensa à Alex qu'il aurait dû arrêter depuis longtemps. Il se dit que même si la justice avait changé de cadre, son résultat restait le fruit de la décision de quelques hommes et se demanda ce qui découlerait des siennes.

DEUXIÈME PARTIE

Chapitre 9
Alex

L'homme était penché sur sa bêche. Le dos courbé, il suait à grosses gouttes. La chaleur était déjà pesante malgré l'heure matinale.

La femme cria :

— Alex ! Dépêche-toi d'aller aider ton père !

Alex descendit péniblement de sa chaise. Il mit son bol dans l'évier en traînant les pieds.

— Dépêche-toi un peu ! répéta-t-elle d'un ton sec, le travail ne va pas se faire tout seul !

Quand on a huit ans, la perspective de sortir est merveilleuse, pour aller courir après les lapins, s'allonger dans l'herbe, regarder les fourmis transporter leurs marchandises, mais pas pour rester à quatre pattes sortir des cailloux et des mauvaises herbes de la terre. A la rigueur, s'il pouvait jouer avec la bêche...

La chaleur tomba sur les épaules de l'enfant comme un manteau de fourrure dès qu'il franchit la porte.

« Je préfèrerais aller me baigner dans le lac » pensa-t-il.

Au bout du compte, ça allait comme travail. Il s'amusait bien à jeter les cailloux. Il poussa un cri de joie et sauta en l'air quand il réussit à jeter une petite pierre à au moins dix mètres, pile au milieu de la brouette, avec un bong ! satisfaisant !

Il se tourna vers l'homme pour voir s'il avait assisté à l'exploit. Son père lui souriait et le félicita d'un grand geste. Alex était heureux. Papa lui criait moins dessus que Maman. Papa rigolait quand il faisait une bêtise, parce que pour lui, il n'y avait pas vraiment de bêtise. C'était surtout Maman qui décidait pour les bêtises.

Après le repas, il s'était lassé de jeter des cailloux. Il avait chaud et il était fatigué. Il lambinait. Son père prenait de l'avance sur lui. Le lac était juste de l'autre côté du champ...

Assis sur la terre fraîchement retournée, il la remuait avec ses mains. Il y avait toute une vie là-dessous ! Des vers qui se tortillaient à moitié enfouis, des cloportes qui couraient dans tous les sens et des tas d'autres bestioles qu'il n'avait jamais vues.

— Aïe !

Alex s'était ouvert la paume de la main sur un silex. La terre contenait aussi des dangers cachés. Il saignait beaucoup, des larmes montèrent dans ses yeux. Il leva la tête pour appeler son père, mais il était déjà là, qui se penchait sur lui.

— C'est rien ça, ne t'inquiète pas ! Les mains ça saigne beaucoup !

— Je suis fatigué, Papa, je voudrais aller au lac, mais Maman a dit que je devais t'aider à travailler.

— Je sais, mon petit. Ta mère veut que tu apprennes à t'occuper de la ferme.

Alex ne voulait pas, lui, mais il n'osa pas le dire. Il trouva une parade :

— Maman ne vient jamais travailler dehors, alors que les voisines, elles, elles y vont. Je les ai vues !

— Tu sais Alex, c'était mon projet de venir vivre ici. Ta mère m'a suivi parce qu'elle voulait rester avec son

CHAPITRE 9 : ALEX

mari et son fils. Elle a toujours vécu en ville, elle a un peu de mal à s'adapter. Je ne peux pas lui demander de travailler dans les champs tant qu'elle n'en a pas envie.

— Du coup, elle m'envoie à sa place !

Son père lui ébouriffa les cheveux, avec un sourire.

— Mais non ! Maman ne t'envoie pas à sa place. Elle veut que tu grandisses, que tu deviennes un homme, et les hommes ici doivent savoir travailler la terre.

— Et si j'ai pas envie ? Moi aussi je viens de la ville !

Il s'était jeté sur cette excuse pour oser dire ce qu'il ressentait au fond de lui. L'homme éclata de rire :

— Petit coquin ! Je vois bien que tu es parfaitement heureux ici, toujours dehors, curieux de tout ! Tu ne vas pas me dire que tu n'es pas heureux quand même ?

— Si, je suis heureux, mais... il hésita, je ne sais pas si j'ai envie de devenir fermier...

Voilà, c'était dit. Avec Papa, on finit toujours par réussir à dire ce qu'on a sur le cœur.

— On ne sait pas de quoi l'avenir sera fait, mon fils, mais je suis sûr que tu trouveras le moyen de vivre comme tu l'entends, et faire ce dont tu as envie.

Alex pleurait doucement.

— J'ai mal à la main papa.

Son père fit alors ce qui marqua Alex pour le reste de sa vie : il sortit un couteau de sa poche, un cran d'arrêt usé par le temps, l'ouvrit et s'entailla la paume de la main. Il serra le poing et son sang coula. Il prit dans sa main blessée, la main blessée de son fils, les posa à plat sur la terre, et dit :

— Peut-être que tu ne seras pas fermier, mais sache que pour qu'une terre t'appartienne, tu dois la nourrir de ta sueur et de ton sang, alors tu lui appartiendras aussi, et tu seras chez toi.

C'était une nuit sans lune, l'obscurité englobait le corps d'Alex, accroupi dans ce même champ que sa famille ne possédait plus depuis longtemps. Mais peu lui importait, lui y revenait dans les moments importants de sa vie. Méditatif, il frottait la cicatrice de sa paume droite.

— Je suis désolé Papa, j'ai essayé de mener ma vie comme je l'entendais, mais on ne m'a jamais laissé faire ! Jamais.

Il sortit un cran d'arrêt de sa poche. Il s'entailla la main et la posa à plat sur la terre. Il ne se sentait pas capable de partir et il était las de fuir. Il retourna dans sa grotte.

Chapitre 10
Alex

Alex changeait de lieu pour établir son camp après chaque visite de Paul et Jack, et à chaque fois, Paul et Jack le retrouvaient. Pourtant, il était certain que personne ne pouvait connaître la région mieux que lui. Il les avait sous-estimés à cause de leurs beaux costumes mais ces types savaient s'y prendre pour pister quelqu'un.

A chaque fois c'était le même rituel grossier. Ils arrivaient à son campement et s'installaient comme s'ils étaient invités. Paul lui proposait de s'associer avec lui, toujours avec les mêmes mots, les mêmes gestes et les mêmes sourires.

A plusieurs reprises, Alex avait cru leur échapper. Il se passait quelques jours sans aucun signe d'eux jusqu'à ce qu'en se levant le matin, il trouve dans les fontes de son cheval, un colis de nourriture enroulé dans un torchon, un mot qu'il ne pouvait lire, épinglé dessus. Le pire était que quand l'angoisse d'être traqué diminuait, la silhouette de Paul surgissait de nulle part, comme une apparition. Elle l'observait de loin, parfaitement immobile.

Alex se précipitait pour la saisir, mais il ne retrouvait pas de trace. C'était comme si Paul s'évanouissait dans la nature. Il avait fini par se demander s'il n'hallucinait pas. Peut-être devenait-il fou ? Alex avait toujours cherché à contrôler sa vie, il ne supportait pas l'idée de perdre l'esprit.

Malheureusement, il n'avait que deux solutions pour sortir de cette spirale d'angoisse paranoïaque : fuir ou se résigner. Il a choisi de retourner dans sa grotte, la première où Paul et Jack l'avaient trouvé. Dès lors, Paul avait doucement étendu son emprise sur lui, et lui s'était lentement laissé aller.

Paul lui avait donné une nouvelle arme et une nouvelle sellerie pour son cheval. Il lui fournissait régulièrement du linge neuf et de la meilleure nourriture. En échange, Alex continuait son activité comme avant, mais le rythme de ses attaques et ses cibles lui était imposé. Pour Paul, c'était un contrat « gagnant-gagnant ». Pour Alex, c'était un compromis qui lui permettait de rester chez lui, mais encore une fois, il ne pouvait pas être libre. Cela faisait presque deux ans que Paul conduisait sa vie. Sa résignation lui devenait de plus en plus difficile à supporter.

Ce soir-là, Alex s'était rendu dans le champ de son père, comme à chaque fois qu'il devait prendre une décision importante. Quand il rentra chez lui, Paul et Jack l'attendaient assis à même le sol, près du feu qu'ils avaient allumé eux-mêmes. Paul salua Alex avec déférence. Alex ne dit pas un mot et s'installa sur son tronc de l'autre côté des flammes.

— Bien ! dit Paul. On va avoir un petit travail pour toi : Gidéon Wicket, couturier, fabrique et vente de vêtements, deux employées. Nouvellement arrivé dans l'ancienne boutique de David L. Adams... Pauvre David, il n'a pas tenu...

Paul afficha un de ses sourires ironiques.

— Gidéon est persuadé qu'il n'a pas besoin de notre protection, donc tu vas aller le convaincre qu'il ne peut

CHAPITRE 10 : ALEX

pas se passer de nous. Un braquage à l'ancienne pour commencer, et si ça ne suffit pas, je pense que quelques menaces sur ses employées devraient le faire plier.
— Non.
Alex retint sa respiration. Paul et Jack échangèrent un regard. En un seul petit mot, la situation s'était tendue.
— J'arrête. Démerdez-vous !
— Ce n'est pas possible Alex, tu le sais ? On a un contrat, rappela Paul lentement, comme s'il expliquait un concept difficile à une personne un peu lente d'esprit. Le contrat était simple. Alex avait cédé et Paul l'utilisait pour asseoir son pouvoir sur la ville. En apparence Redtown était prospère, avec faible un taux de criminalité, mais sous couvert d'une société d'assurance, Paul gouvernait le crime en sous-terrain.

Il était prêt à tout pour enrichir sa « famille ». Les commerçants étaient tenus au silence par la peur, et quand une de ses victimes essayait de résister, elle tombait pour le meurtre de sa femme, ou de l'un de ses enfants. Parfois, on la retrouvait suicidée, comme David L. Adams.

Le plan de Paul étaient parfait : Alex apparaissait aux yeux du monde comme un vieux criminel acharné et endurci, face visible du crime, symbole d'un échec de longue date des autorités. Quant à Paul, il apparaissait comme un des personnages les plus influents de la ville, respectable et altruiste, candidat crédible aux élections municipales qui se tiendraient dans quelques mois.

Alex se leva, dégaina son arme et la pointa sur Paul. En une demi-seconde, Jack était debout, le canon pointé sur la poitrine d'Alex. S'il avait voulu le tuer, il aurait pu le faire sans problème. Alex n'aurait même pas eu le temps de réagir, il se serait retrouvé avec un trou dans la

poitrine, définitivement libre. Sous-estimés, encore !
Paul se leva tranquillement, en faisant un geste d'apaisement avec les mains.

— Doucement ! Doucement, les amis. Personne ne doit mourir ce soir. Baisse ton arme, Alex, tu ne veux vraiment pas faire ça, crois-moi.

L'impasse. Alex venait de décider de vivre. S'il tirait sur Paul, il était mort. S'il tirait sur Jack... En aurait-il même le temps ? Ne pas le sous-estimer une fois de trop.

De la sueur coulait le long de sa tempe.

Au bout d'un moment, il baissa son arme. Jack la garda bien levée le pouce sur le chien.

— Voilà qui est plus raisonnable, Alex. Tu sais ce qui t'attend si tu ne remplis pas ta part du contrat, et tu sais que si tu menaces l'un d'entre nous... La famille est grande et rancunière.

Paul laissa passer un silence. Il ne souriait plus.

— Demain, Wicket. Fais ta part et on oubliera peut-être ce petit incident.

Ils partirent sans se retourner. Alex sentait la colère remplacer la peur. Il avait besoin de se rebeller. De laisser le pauvre Wicket tranquille et d'envoyer Paul se faire voir. Mais il venait de décider que mourir n'était pas la solution pour reprendre sa vie en main. Il se sentait coincé. Assis sur son tronc, il ferma les yeux et essaya de se calmer, de réfléchir.

Le temps passa sans autres bruits que ceux du feu et de la nature, inconsciente des tourments qui agitaient l'esprit d'Alex. Il se leva enfin pour contempler la vue sur le lac en contrebas. Cette vision apaisante, généralement, finissait par le calmer.

Il y avait un problème. Une lumière orangée flottait sur l'eau. Pris d'un mauvais pressentiment, il enfourcha

CHAPITRE 10 : ALEX

son cheval et dévala le sentier.

Pas de doute, il y avait un incendie dans une ferme. Des gens hurlaient et couraient dans tous les sens, faisant la chaîne avec des seaux, du lac jusqu'à la maison... Sa maison ! Celle que son père avait construite de ses mains, que des flammes gigantesques ravageaient dans une lumière éclatante, éclairant la nuit alentour.

— Vite ! Vite ! Ils sont encore dedans ! cria quelqu'un.

La porte de la maison s'ouvrit violemment et la silhouette d'une petite fille en flammes surgit en hurlant avant de s'effondrer dans l'herbe.

Alex s'affaissa sur lui-même et assista, hagard, à la destruction de sa maison d'enfance et à la mort atroce des gens qui y vivaient. Personne ne devait mourir ce soir, avait dit Paul. Personne sauf eux, parce qu'ils avaient eu la malchance de vivre dans l'ancienne maison d'Alex, et qu'Alex s'était rebellé.

Chapitre 11 :
Luke

La porte du pénitencier s'ouvrit sur la campagne. Luke la franchit. Les gardiens le saluèrent et la porte se referma dans un grincement. Après l'appel du matin, il avait été amené dans le bureau du directeur. Il avait signé des papiers et sans préavis, en quelques minutes, il était debout, face au monde, de l'autre côté du mur. Après neuf cent quatorze jours d'ennui interminables, il était libre.

A l'est, il pouvait voir la silhouette floue de la capitale, à deux heures à pied lui avait dit les gardiens, en marchant vite. On lui avait aussi indiqué une gare, à quarante-cinq minutes, tout droit en suivant la route sur laquelle il se trouvait. De là, avec l'argent qu'on lui avait donné, il pourrait acheter un billet pour aller où bon lui semblait.

— Et Redtown ? avait demandé Luke qui pensait à son père

— Là, à pied t'es pas arrivé ! Les gardes avaient rigolé.

Il regarda vers l'ouest. Il savait que Redtown était quelque part par-là, lové dans sa vallée. A l'est, il savait qu'encore plus loin que la capitale, il y avait la mer. Il l'avait appris à l'école. Avec encore plus de villes, et de monde, et des bateaux qui permettaient de partir tellement loin qu'il ne pouvait pas l'envisager. Ses ancêtres venaient de là-bas, les ancêtres de tous.

Il prit la route de la capitale. Très vite il dut enlever ses chaussures. Elles étaient neuves et raides, il sentait déjà les ampoules venir. Il marcha plus d'une heure et demie, pieds nus, avant d'arriver dans les faubourgs de la ville.

Il remit ses chaussures, il ne voulait pas trop attirer l'attention. On vous donnait, à la sortie de la prison, des vêtements et des chaussures neufs. Sa chemise et sa veste étaient trop petites, et son pantalon trop grand. Il avait l'impression que tout le monde pouvait savoir d'où il venait. Il se sentait mal à l'aise.

Il flâna dans les rues pendant des heures, curieux de tout, regardant le ballet des travailleurs, des passants affairés à de mystérieuses tâches. Il sourit en voyant un postier sortir d'une armurerie. Il y avait tellement de monde ! Tellement de rues, de maisons ! Tellement de boutiques, de chevaux ! Il avait autour de lui, une projection de ce que Redtown pourrait devenir. Une vague de nostalgie le traversa, comme si le Redtown qu'il connaissait n'était déjà plus.

Enfin, il alla à la gare. Il n'avait jamais vu autant de rails et de locomotives réunis au même endroit ! C'était un spectacle magnifique ! Il avait l'impression que d'ici, il pouvait aller partout. Il se sentait minuscule, mais d'une manière différente que face à la montagne.

Il se sentait petit comme une pierre de ballast. Il devait avoir son rôle à jouer, au milieu du lit sur lequel repose la voie ferrée, mais comment le comprendre quand on est un petit caillou entouré de milliers d'autres sachant que tout le long du chemin, des milliers de semblables reposent entre d'autres traverses ? Si l'un des cailloux était expulsé loin des voies, est-ce que cela empêcherait pour

CHAPITRE 11 : LUKE

autant le train de circuler ? Comment trouver sa place ? Et de surcroît, comment trouver sa place quand on sort de prison ?

La capitale. Il la rêvait depuis l'école ! Il avait failli y venir après la mort de sa mère mais n'avait pas pu quitter la gare. Il y avait rencontré son travail et par son travail, John... De cette façon tordue et détournée, il avait quand même accompli son voyage jusqu'ici. Il y était mais il ne voulait pas y rester.

A l'est, il y avait la mer au bout de la ligne. Il aimerait vraiment voir la mer. Peut-être la traverser et se trouver une nouvelle vie sur le vieux continent. Il caressa cette idée, l'envisagea presque sérieusement, confrontant le fantasme à sa mise en pratique. Mais il ne pouvait pas partir, il avait quelque chose à régler avant.

Le train roulait depuis deux heures et vingt-quatre minutes. Luke décolla son front de la vitre pour le voir entrer en gare de Redtown.

Le petit caillou revenait là où était sa place.

Chapitre 12 :
Luke

Tout était calme. La rue principale était plongée dans l'ombre. Seule la lumière provenant du saloon tachait la route d'une flaque jaune. Le son du piano raisonnait dans le lointain et un éclat de rire surgit soudain par-dessus les bourdonnements indistincts.

Il marcha dans la nuit jusqu'à la ferme de son père. Il n'avait nulle part d'autre où aller, il rentrait chez lui. Il retraversait pour la première fois ces rues qu'il connaissait par cœur, à la lumière de la lune. Les bâtiments étaient des ombres se découpant dans le ciel. Retrouver sa ville de nuit lui donnait l'impression de revenir discrètement, et que demain matin, quand le jour se lèverait, il aurait repris sa place sans que personne n'ait remarqué son absence.

Il lui semblait que les maisons avançaient plus loin vers les champs et que certaines fermes étaient maintenant directement reliées au corps de la ville. Il avait hâte de redécouvrir tout ça demain, à la lumière du jour, de voir comment, en deux ans, sa ville avait changé.

Il arriva devant la maison que son père avait bâtie. Comment allait-il réagir à son retour ? Il n'avait jamais reçu de réponse à ses lettres. Peut-être n'étaient-elles jamais arrivées. Ou alors son père n'avait jamais voulu lui répondre. La pensée que son père le croyait coupable avait hanté ses cauchemars. C'est pour ça qu'il était revenu. Il lui ferait comprendre, les yeux dans les yeux, qu'il était innocent. Il fallait que son père le croie ! Il était de l'autre côté de la porte.

Il frappa. Il entendit une chaise racler le sol et des pas traînants s'approcher. Son cœur cognait contre sa poitrine.

— Qui est-ce ? demanda une voix rauque, comme si elle n'était pas sortie de la gorge depuis longtemps.

— C'est moi, Papa. Luke.

Quelques secondes passèrent qui parurent interminables. Enfin la porte s'ouvrit doucement. Son père semblait avoir vieilli de dix ans, ses cheveux étaient blancs et sa barbe mal entretenue vieillissait son visage. Seuls ses yeux traduisirent une émotion, qui s'effaça en même temps que lui lorsqu'il le laissa entrer.

Luke aurait voulu le prendre dans ses bras mais son attitude le retint. Son père passa devant lui, le dos courbé, et retourna s'asseoir à table. Sans un geste vers lui, ni un mot. Luke s'assit en face de lui. Tout ce qu'il avait préparé, imaginé, s'effondrait. Il se retrouvait sans voix devant cet homme qu'il reconnaissait à peine. Son père était plus mal qu'après la mort de sa mère. Il n'avait pas supporté ce deuxième coup. Luke recevait en plein visage les stigmates de sa souffrance.

— Je n'ai rien fait Papa, je te promets que je n'ai rien à voir avec cette histoire ! Laisse-moi t'expliquer s'il te plaît !

Il avait parlé d'une voix suppliante. Des larmes coulaient sur ses joues. Il posa une main sur celle de son père.

Leurs regards se rencontrèrent.

— Je te jure papa, je suis innocent. J'étais au mauvais endroit au mauvais moment !

Son père retira sa main et dit :
— Il reste de la soupe dans la marmite, et du pain dans le torchon. Tu dois avoir faim.
— Oui j'ai faim, soupira Luke. Merci Papa.
Luke se servit de la soupe. Les bruits de vaisselle étaient trop forts dans ce silence pesant.
Quand il se rassit, son père détourna les yeux. Il avait dû l'observer préparer son repas. Quelles pensées avaient bien pu le traverser ? Quelle émotion, provoquée par le retour inattendu de son fils, essayait-il de cacher derrière ce silence et ces regards fuyants ?
— J'ai besoin que tu me croies, Papa, dit Luke plus calmement. C'est John qui a tout fait. Je ne savais rien de son projet, j'ai essayé de l'en empêcher !
Son père inspira profondément :
— John. dit-il.
Il avait prononcé ce nom d'un ton neutre, comme celui que l'on prend pour énoncer un fait, la conclusion d'un constat immuable et sans appel.
— Je l'ai rencontré en lui livrant un colis. Au début...
— C'est l'heure à laquelle je me couche d'habitude, l'interrompit son père. Tu peux dormir dans ta chambre, si tu veux, rien n'a bougé. Il se leva et se dirigea vers la sienne. Au moment de refermer la porte sur lui, il regarda son fils dans les yeux pour la première fois et lui dit :
— Je suis désolé de t'avoir abandonné.
Puis il disparut derrière la porte fermée.
— Mais laisse-moi t'expliquer, bon Dieu ! Ce n'est pas de ma faute ! hurla Luke.
Le bruit du verrou lui répondit. Son père ne voulait même pas l'écouter.
« Désolé de t'avoir abandonné ».
Quoi qu'il en soit, il ne le croirait pas. Il se sentait res-

ponsable des actes qu'il pensait que son fils avait commis.

Luke frappa des deux poings la porte de la chambre en criant :

— Ce n'est pas de ta faute papa ! J'étais juste au mauvais endroit au mauvais moment !

Sa voix se brisa. Il s'effondra le dos contre la porte.

Il resta assis, le corps agité par ses sanglots, pleurant avec tout son corps pendant un long moment. Son esprit était comme un poids mort dans sa tête, envahi de pensées incohérentes. Il était juste habité par la souffrance qui le secouait, qui le vidait de son énergie.

Soudain des cris et des bruits de course le firent revenir à lui. Il se précipita vers la porte d'entrée et l'ouvrit en grand. Le ciel était orange vif. Des gens couraient en criant, des seaux à la main. Une ferme située non loin, brûlait. Luke regardait les flammes s'élever vers le ciel, bouche bée.

Comment son retour pouvait-il se passer aussi mal ? Qu'avait-il fait pour mériter ça ?

Il courut avec les autres. Il devait aider. L'action l'empêcherait de penser.

Chapitre 13
Alex

Le monde devait continuer de tourner en dehors de la grotte. La vie s'agitait, créant ses lots de bonheur et de malheur chez les hommes, comme tous les jours depuis que le monde est monde et que l'Homme est Homme.

Mais pas pour Alexander. Il passa la journée allongé sur sa paillasse. Sans quasiment bouger, sans dormir, sans même penser. Il ne ressentait rien. Un vide complet et salvateur. Toute pensée ou émotion était trop forte, trop violente, ingérable. Son cœur battait dans sa poitrine mais son âme était éteinte. Une journée de vie organique. Une journée de moins avant la mort. Il y avait repensé à la mort. Son arme était là, chargée. Une balle et tout s'arrêtait. Une seule éclaboussure et la douleur, la peur, la haine, la colère disparaîtraient à jamais.

Pour la deuxième fois en deux jours, il renonça à se suicider. Il s'était déjà affranchi d'une bande de hors-la-loi. Celle qu'il avait rejointe en pensant y trouver le moyen de se venger d'Ansfield et de sa société pourrie. Il s'était juste enfermé dans une autre, tout aussi pourrie. Un soir, il s'était levé, avait pris son cheval et avait quitté le camp, comme ça, sans un mot. Mais on ne quitte pas une bande aussi facilement. Il avait tué tous ceux qui étaient venus le traquer. Dans sa montagne, ces fous n'avaient eu aucune chance.

Depuis, il avait trouvé un équilibre, une vie qui lui convenait, chez lui. Jusqu'à ce que ce Paul débarque. Les bandits étaient brutaux, violents mais assez francs, avec un code d'honneur facile à comprendre. Paul était sournois, vicieux, manipulateur et impitoyable. Quand Paul frappait, la violence était extrême, choquante. Ses victimes se sentaient coupables. S'il n'avait pas menacé Paul, cette petite fille n'aurait pas brûlé sous ses yeux. Alex ne se mentait jamais à lui-même : Paul lui faisait peur. Il semblait indifférent à l'idée de mourir. Il avait la conviction d'œuvrer pour une cause plus grande que lui, que sa disparition n'entraverait pas.

Cependant Alex devait se débarrasser de lui pour retrouver sa liberté. Il ne savait ni quand ni comment, mais il trouverait un moyen. En attendant, il devait encore se soumettre. Paul ne lui ferait pas le plaisir de tout simplement l'abattre s'il désobéissait, il continuerait de le rendre misérable en massacrant des gens autour de lui.

Le soir tombait, il prit son foulard, son arme. Son état émotionnel était parfait pour faire le travail. Wicket l'attendait.

Chapitre 14
Luke

La plaine était paisible. Les lumières rouges de l'aube commençaient à se mélanger à celles argentées de la nuit. Comment tout pouvait être aussi parfait et harmonieux à l'endroit même où la vie de Luke avait basculé ?

Il s'était réveillé à l'aube par habitude. La nuit avait été courte, le feu était maîtrisé mais une famille avec une petite fille était morte dans les flammes. Luke luttait contre sa superstition, mais il ne pouvait s'empêcher d'y voir un mauvais présage pour son retour. Il avait emprunté le cheval de son père, le sien devait maintenant accompagner un autre garçon facteur. Puis il était parti accomplir son rituel. Ce moment particulier où il se sentait seul au monde sous la lumière finissante des étoiles.

Le jour, le ciel n'est rien de plus qu'un plafond auquel on ne s'intéresse que pour savoir le temps qu'il fait. Mais la nuit, il s'illumine et devient une fenêtre donnant sur un monde infini, rempli de lumière et de mystère. C'est ce qui avait manqué le plus à Luke en prison et qu'il avait eu besoin de retrouver ce matin.

Tout s'était passé très vite. Après avoir menotté John, Ansfield lui avait demandé gentiment de l'accompagner. Il n'avait pas compris pourquoi il l'avait ensuite enfermé, mais il s'était laissé faire. Il était innocent et Ansfield le savait. Il l'avait vu essayer d'empêcher John de tout faire sauter. Il ne craignait rien.

Pourtant deux ans plus tard, il se retrouvait au même endroit, à la même heure, et toute sa vie avait changé. Le train allait bientôt contourner la falaise, traverser la plaine qui elle, n'avait pas changé, indifférente au sort des hommes.

Il arriva à la gare en même temps que le train. Il sourit en voyant Roger s'agiter. Lui non plus n'avait pas changé ! Il continuait de promener son embonpoint sur le quai comme s'il lui appartenait. Un jeune homme déchargeait les sacs de courrier. Roger lui lança une plaisanterie à laquelle il répondit en riant. Il dégageait une belle complicité et Luke eut un pincement au cœur. Il s'approcha, Roger siffla de toutes ses forces en pointant le doigt dans sa direction.

— Monsieur, l'accès à la gare n'est pas autorisé aux voyageurs à cette heure-ci !

Roger s'arrêta bouche bée quand il le reconnut, la main qui tenait le sifflet figée devant la bouche. Luke sourit :

— Roger, si tu ne fermes pas la bouche, tu vas avaler ton sifflet !

Un silence gênant s'installa. Trop long, trop intense. Le jeune postier, curieux, s'approchait de la scène. Roger reprit soudain ses esprits, redonna un coup de sifflet sec et assourdissant.

— Je vais devoir vous demander de partir, Monsieur !

— Mais Roger, c'est moi !

— Je ne vous connais pas, Monsieur, circulez !

Luke sentit un grand vertige l'envahir. La tête lui tournait tellement qu'il avait peur de tomber de son cheval. Il fit demi-tour avec difficulté. Il entendit le postier demander à Roger :

CHAPITRE 14 : LUKE

— C'est qui ce type ?
— Je ne sais pas, je ne le connais pas.
— Il t'a appelé Roger !
— Sûrement un hurluberlu à qui j'ai dû dire machinalement bonjour une fois et qui pense que je suis son ami ! Tu sais, je suis plutôt populaire en ville...
Roger jeta un coup d'œil derrière son épaule. Luke aussi avait tourné la tête. Il croisa son regard et se détourna vite.
— Bon, tu n'as pas du courrier à trier toi ?
Il redonna deux trois coups de sifflet en agitant les bras pour cacher son malaise.
Luke laissa son cheval choisir sa route. Il se remémorait les bons moments passés avec Roger. Il avait envie de pleurer et de rire en même temps. Il se sentait à fleur de peau, comme quand sa mère était morte. Le cheval, n'ayant aucune contrainte, était rentré tranquillement chez lui. Il attendait patiemment devant son box que son cavalier descende. Luke s'en aperçut et démonta. Il lui donna une petite tape sur l'encolure et ouvrit le box.
Il ne s'était jamais autorisé à entretenir cette pensée, pourtant, Luke avait conservé enfoui au fond de lui l'espoir qu'il aurait pu reprendre son travail et que tout redeviendrait comme avant. Roger avait détruit ses illusions d'un coup de sifflet.
Il trouva son père attablé devant le petit-déjeuner. Il s'assit en face de lui. Son père leva les yeux et les rabaissa aussitôt.
— Papa, je pense que je vais rester travailler avec toi à la ferme. Je pourrai te soulager des tâches physiques et...
Son père l'interrompit d'un rire forcé, grinçant. Un rire tellement dénué de joie qu'il faisait froid dans le dos.

— Y a plus de ferme ! dit-il d'une voix triste. J'ai revendu mes parcelles, y a plus de travail pour toi ici.
— Peut-être que les voisins...
Son père secoua la tête.
— Tu sais ce que les gens disent ? Le pauvre bougre qui a perdu sa femme si jeune... Et son fils ! Oh mon Dieu quel malheur ! Quelle trahison... Je ne mange que parce qu'ils ont pitié de moi ! Ils m'apportent de quoi survivre avec des regards pleins de compassion. Je suis un mendiant avec un toit !

Il avait dit ça avec un renoncement qui acheva de briser le cœur de Luke.

— Fais ce que tu veux, tu peux rester, c'est chez toi, mais sache tout le monde ici te déteste.

Chapitre 15
Luke

Un bruit venu de l'extérieur, suivi de grands éclats de rire enfantins firent sursauter Luke. Il n'avait pas bougé depuis plusieurs heures, il avait le corps et l'esprit engourdis.

Machinalement il se leva, sortit et remonta un seau du puits. Il s'aspergea le visage avec de l'eau. Cela faisait du bien. Il n'y avait quasiment personne autour de lui, les enfants étaient partis et les hommes devaient encore être dans les champs. Néanmoins, il se dépêcha de rentrer, les yeux rivés sur le sol. Il ne voulait pas croiser de regards ni voir les rideaux se soulever sur son passage. Cette nuit, dans la panique de l'incendie, il était un homme parmi les siens, intégré et partageant le même but. Personne ne faisait attention à lui. Que se serait-il passé si quelqu'un l'avait reconnu ?

On l'aurait sûrement accusé d'avoir mis le feu. Luke laissa échapper un soupir qui ressemblait à un rire. Au fond de lui, il savait qu'il ne pouvait pas rester. Les voisins arrêteraient sûrement d'aider son père. Mais pourquoi était-il revenu ? Que s'était-il imaginé ? Luke se sermonna mentalement :

« — Je suis rentré chez moi, pensa-t-il, retrouver mon père.

— Tu pensais que tu pourrais retrouver ta vie d'avant, comme si de rien n'était, se répondit-il. Après tout, tu étais innocent et tu avais purgé ta peine, alors pourquoi pas ? Imbécile ! »

Son père était ruiné, lui-même n'avait quasiment plus aucun sou en poche. Mais, tout le monde ne le connaissait pas en ville. Peut-être pourrait-il trouver une solution pour réparer sa bêtise, rendre de l'espoir à son père en retrouvant une vie estimable. Avant tout, il lui fallait des vêtements à sa taille, dans lesquels ils se fondraient dans la masse. Ceux de la prison attireraient trop les regards et les siens ne lui allaient plus, ils étaient tous trop larges.

Cette résolution lui donna du baume au cœur. Il partit pour Redtown, avec ses quelques pièces et un baluchon de ses vieux vêtements qu'il espérait pouvoir troquer pour compléter le prix.

En plein jour, il découvrit de nouvelles rues, composées surtout d'habitations, une nouvelle écurie, des nouveaux saloons et des commerces qui ne se situaient plus exclusivement dans la rue principale. Le contraste entre ce nouveau quartier et le quartier original était saisissant !

Luke y retrouvait l'ambiance qui régnait à Redtown depuis toujours : la rue et les gens étaient poussiéreux, les enfants couraient dans tous les sens, les cavaliers et les conducteurs s'invectivaient quand ils se frôlaient de trop près en forçant le passage. Des discussions animées ou des siestes improvisées se déroulaient sur les perrons des bâtiments, sous lesquels des touffes d'herbes folles s'échappaient vers la lumière. Les chiens et les chats erraient en liberté au milieu de cette ambiance bruyante et conviviale.

Il suffisait de franchir l'angle d'une rue qui donnait sur la rue principale pour immédiatement ressentir un chan-

CHAPITRE 15 : LUKE

gement d'atmosphère. La rue originelle, celle que Luke observait quand il était enfant, était devenue un véritable centre-ville. Aucune herbe folle. Les piétons marchaient sur des trottoirs en bois. Les chevaux et les voitures circulaient de manière ordonnée sur une chaussée entretenue pour éviter au maximum les trous et les ornières boueuses. Une magnifique horloge avait été installée sur le fronton de la gare, qui à elle seule représentait l'importance qu'avait pris la ville dans la société des hommes. Luke avait toujours vu des gens bien habillés, dans des vêtements qu'il ne pourrait jamais s'offrir, mais désormais ils étaient une majorité à déambuler dans cette rue beaucoup moins agitée et bruyante que ses voisines. Cette pensée le ramena à son objectif.

En cherchant la boutique d'un tailleur qu'il ne connaissait pas, il observait les gens. Il en reconnut beaucoup, et beaucoup ne le reconnurent pas. Il aurait pu se sentir anonyme mais certains détournèrent les yeux sur son passage. Il en entendit chuchoter derrière son dos. Une dame écarta ses enfants dans un geste de protection quand elle le vit. Luke les connaissait, il avait toujours été avenant avec eux et eux toujours très polis et reconnaissants. Aujourd'hui, il n'était plus leur gentil facteur, il était celui qui avait voulu détruire leur ville. Il sentit de nouveau la pression peser sur ses épaules et baissa la tête.

Il s'arrêta devant une vitrine. Il avait trouvé ce dont il avait besoin. Luke entra dans la boutique de Gidéon Wicket.

Chapitre 16
William

Le shérif Ansfield était assis sur l'ancienne chaise de Mills, les pieds posés sur l'ancien bureau de Mills. Les mains derrière la nuque, il encaissait sa journée. Il contemplait une ancienne carte de l'état accrochée au mur. Un fond rouge, comme une tâche, distinguait le monde civilisé du monde sauvage. La région de Redtown n'apparaissait pas encore dans la tâche rouge à l'époque, aujourd'hui, elle y était.

Redtown devenait une grande ville. Le modèle de civilisation qu'Ansfield défendait s'était répandu jusqu'ici. La tâche sur la carte s'agrandirait avec le temps et finirait par recouvrir tout le continent. Il ne vivrait pas aussi vieux ! Il était fier d'avoir contribué à ce que sa ville et sa région en fassent partie. Il avait infiltré la bande de hors-la-loi la plus puissante de l'époque. Il avait intrigué pour provoquer une guerre de gangs violente et meurtrière. Les batailles et les assassinats avaient écrémé la population des bandits, sous le regard passif des autorités.

A la fin, sa bande avait le monopole de la région, il ne restait que la partie la plus difficile : la faire imploser. Une pensée pour Bobby lui piqua douloureusement l'esprit. Sans lui, il n'aurait jamais réussi. Sans lui, il n'aurait même pas survécu. Très vite, l'intégralité de son plan avait reposé sur l'affection que celui-ci lui portait. Le trahir lui avait fait très mal. Mais c'était le plan, il fallait en passer par là pour atteindre l'objectif final : rentrer dans la tâche.

William était arrivé dans un village de colons soumis aux hors-la-loi. Suite à l'arrestation de John et Luke et de leur procès public, il a été nommé shérif de la ville la plus importante de l'état après la capitale. En dépit du succès de sa mission, il portait encore en lui les cicatrices de cette époque. L'image de Luke le suppliant à son procès lui fit se mordre le poing.

Ansfield se leva d'un coup ! Dresser le bilan de ses succès aurait dû lui remonter le moral, pas sa culpabilité. Il avait besoin de prendre l'air. Il avait passé une très mauvaise journée. Contempler le corps calciné d'une enfant de huit ans était une composante de son métier à laquelle il ne pourrait jamais s'habituer. Une ferme avait brûlé pendant la nuit, tuant sur place les trois personnes qui y vivaient. Et pas n'importe quelle ferme, celle des parents d'Alex ! Son enquête n'avait pas pu déterminer si l'incendie était criminel ou accidentel. Certains de ses hommes voulaient mettre le triple meurtre sur le dos d'Alex. En l'accusant d'avoir brûlé vive une bonne famille innocente, ils espéraient détruire sa popularité.

Parce qu'Alex était populaire. Aux yeux des plus anciens, il représentait la nostalgie liée à une autre époque. Le peuple le prenait pour un bandit au grand cœur, car il ne laissait jamais de cadavre derrière lui. Sa détermination, ses méthodes, son mode de vie sauvage et son insaisissabilité faisaient fantasmer dans les soirées mondaines. La bonne société le voyait comme le héros d'un roman. Des enfants dans la rue portaient un bandana rouge sur le nez, faisant mine de tirer en l'air en s'en-

CHAPITRE 16 : WILLIAM

fuyant pendant que d'autres les poursuivaient avec une étoile de shérif sur la chemise. Ils jouaient Alex chacun leur tour. Il avait bien entendu des détracteurs, mais sa présence était incroyablement tolérée en ville, et chacun de ses passages faisait la une de la presse.

William savait que parmi ses lieutenants, certains se sentaient humiliés par l'apparente immunité d'Alex. Qu'on lui reprochait, à mot couvert, son inaction. Mais ses hommes ne savaient pas, comme lui, qui a construit chaque ferme, qui en est parti, qui est mort et qui est toujours là, fidèle à sa terre, comme l'est Alex. Jamais il n'aurait brûlé la maison de son enfance ! Jamais il n'aurait brûlé la maison que son père avait bâtie de ses mains ! William ne pouvait se résoudre à infliger cette injustice à Alex, quitte à rester impopulaire auprès de ceux, qui, de toute façon, ne l'appréciaient déjà pas. Si l'incendie était criminel, il trouverait le coupable et il espérait que la justice serait sans pitié.

— Shérif Ansfield, je vous souhaite le bonsoir !

— Bonsoir Paul !

Ils échangèrent une chaleureuse poignée de main. Paul reprit d'un ton solennel :

— Je me suis rendu sur les lieux de la ferme incendiée, quelle tragédie ! Pauvre enfant. Avez-vous pu comprendre ce qui s'était passé ?

— Non, répondit Ansfield. Nous n'avons pas pu déterminer les causes de l'incendie.

— Sûrement un tragique accident, supposa Paul avec de la peine dans la voix.

— Ou un crime horrible, répondit Ansfield le ton sévère, on ne peut pas savoir ! Cette hypothèse reste valable !

Paul fit un signe de croix.

— Si c'est un crime, j'espère du fond du cœur que vous trouverez les coupables et que la justice sera sans pitié !

— Vous exprimez mes pensées, Paul !

— Si vous avez besoin d'un coup de pouce financier pour venir à bout de cette affaire, dit Paul sur le ton de la confidence, vous savez que ma société soutient ouvertement l'autorité. Un peu plus de moyens...

— Toujours en campagne pour la mairie, Paul ! l'interrompit Ansfield avec un sourire en coin.

— Oui shérif ! Mais ce n'est pas pour acheter votre voix que je vous propose mon aide. Je reste sincèrement convaincu que les autorités doivent avoir les moyens proportionnels aux ambitions de la ville afin assurer la paix et la sécurité. Disons que je vous propose une sorte d'avance !

— C'est gentil à vous, mais je crains que l'affaire ne soit très vite classée. Nous n'avons rien, plus de traces, pas de témoin. Malheureusement, on ne saura jamais. J'ose espérer qu'il s'agit d'un tragique accident. Cela reste moins douloureux que d'imaginer un homme brûlant volontairement une famille pendant son sommeil.

— Bien entendu, je comprends, dit Paul compatissant.

Après un instant de silence Paul reprit :

— Je ne vais pas vous retenir plus longtemps shérif, je dois me rendre chez Wicket avant la fermeture.

— Wicket... le nouveau tailleur ?

— Celui-là même ! Voir si son acclimatation à Redtown se passe bien.

Ansfield se méfiait des hommes politiques, mais savait aussi qu'il avait besoin d'eux pour pouvoir faire son travail correctement. Ne pas s'entendre avec le maire pouvait coûter cher. Paul pourrait le devenir un jour, alors autant faire bonne figure :

CHAPITRE 16 : WILLIAM

— Laissez-moi vous accompagner ! proposa-t-il.
Paul ne put cacher un mouvement de surprise.

— J'imagine, poursuivit Ansfield, que vous obtiendrez plus facilement sa voix s'il vous voit en bonne entente avec le shérif !

Paul rit d'un éclat bref, comme un aboiement :

— On ne peut rien vous cacher Ansfield ! dit-il, le regard plein de malice, je vous en prie, accompagnez-moi ! En effet, cela devrait impressionner favorablement notre bon Wicket !

Chapitre 17
Luke

La boutique était presque vide. Une allée centrale menait au comptoir qui prenait toute la largeur du fond de la pièce. D'un côté de l'allée, un client se tenait debout sur un tabouret entre deux grand miroirs, coincés entre des étagères remplies d'étoffes. De l'autre, deux employées travaillaient sur des machines à coudre intégrées à un établi, entre des mannequins en bois et des portants de vêtements. Le soir tombait et la fenêtre qui donnait sur la rue derrière les machines ne laissait plus entrer suffisamment de lumière. La pièce était éclairée par plusieurs lampes à huile. L'ambiance dans la boutique était chaleureuse et mettait Luke très à l'aise.

— Bonsoir Monsieur, que puis-faire pour vous ?

Luke rendit son sourire à Wicket. Depuis combien de temps ne l'avait-on pas appelé Monsieur ? Mais avant qu'il ait eu le temps de lui répondre, la porte s'ouvrit avec violence. Luke se retourna et vit un homme, la moitié du visage cachée par un bandana rouge, s'avancer dans l'allée, une arme pointée sur Wicket.

Alex ! Luke savait que c'était lui et Wicket allait faire sa connaissance.

Les deux couturières poussèrent un cri et se cachèrent sous les établis. Alex, en passant, donna un violent coup de pied dans le tabouret. Le client tomba en travers de l'allée, renversant avec lui un des portants, provoquant une nouvelle série de cris.

Luke s'était instinctivement écarté et se trouvait dans l'angle entre le mur et le comptoir. Wicket, tremblant de tout son corps, était parvenu à sortir un revolver d'un tiroir. Alex, d'un mouvement fluide, attrapa un mètre en bois épais posé contre une étagère et l'abattit sur le poignet de Wicket qui lâcha son arme sur le comptoir. D'un geste nonchalant, Alex l'écarta du bout de la règle puis posa le canon de son revolver sur le front du pauvre Homme.

— Ta caisse, maintenant, sans faire d'histoires.

Sa voix était dure et froide.

Luke avait suivi des yeux la glissade du revolver de Wicket, qui avait fini sa course à moins de trente centimètres de lui. Tout se bouscula très vite dans sa tête. Alex ne l'avait pas vu. Une seule balle et Luke serait le héros qui aurait stoppé le légendaire Alex. Il retrouverait du travail, l'estime de son père et du peuple de Redtown. Une seule balle et Luke serait racheté aux yeux de la société. Il saisit le revolver. Il essaya de réduire le tremblement de son bras quand il le leva pour mettre en joue Alex. Luke fit un pas en avant, assura sa prise sur l'arme avec sa deuxième main quand Ansfield et un homme en costume qu'il ne connaissait pas entrèrent en courant dans la boutique.

Ansfield analysa la situation. Il vit l'homme au milieu de l'allée qui faisait un effort pour se relever, les deux couturières recroquevillées sous l'établi et Alex qui tenait en joue le pauvre Wicket. Mais pas seulement Alex ! Luke aussi pointait un revolver sur Wicket. La surprise arrêta un cours instant Ansfield dans son mouvement.

CHAPITRE 17 : LUKE

Leurs regards se croisèrent.

Une horrible sensation de déjà-vu s'empara de Luke. Si Ansfield avait déboulé dans la boutique une minute avant ou une minute après, son destin aurait été différent. Il voyait bien de quoi il avait l'air avec son arme levée vers le comptoir. Il avait l'air coupable d'un crime qu'il ne commettait pas. Pris de panique, il fit un geste stupide, il tira. La détonation fit sursauter tout le monde et généra de nouveaux cris. Il avait loupé Alex, il était foutu.

Alex profita de la confusion. Il saisit le client qui se relevait et le projeta sur Ansfield et Paul. Un mannequin en bois prit le même chemin. Ansfield trébucha. Alex tira plusieurs coups de feu vers le plafond en s'enfuit par la fenêtre qui explosa quand il passa à travers.

Luke n'avait pas bougé, il était tétanisé par la violence qui s'était déchaînée en quelques secondes. Wicket saignait abondamment. Quoi qu'il puisse dire ou faire, maintenant, il serait coupable. Ansfield l'avait déjà fait emprisonner sans scrupules en le sachant innocent, que pouvait-il encore espérer ? Imitant Alex, il tira au plafond s'enfuit par la fenêtre avant qu'Ansfield ne parvienne à se relever.

Ses oreilles bourdonnaient. Il se trouvait face à une petite foule qui s'était rassemblée, attirée par le vacarme. Il croisa des regards qu'il connaissait. Des regards qui le dévisageaient horrifiés. Il s'était enfui par une fenêtre, une arme à la main. Il était maintenant coupable aux yeux de tous, banni à jamais.

L'esprit encore embrumé, il fut saisi violemment et posé en travers d'une selle. Il ne ressentit pas la douleur des chocs. Il vit juste la ville qui s'éloignait petit à petit, à travers un rideau de poussière rouge.

Chapitre 18
William

« Bordel ! » pensa Ansfield quand il vit Alex et Luke, les armes pointées sur Wicket.

L'effet de surprise le ralentit. Son regard croisa celui de Luke complètement paniqué. Qu'est-ce qu'il foutait là ? Avant qu'il ait eu le temps d'approcher la main de son holster, Luke tira. Instinctivement, il se tassa sur lui-même. Complètement inutile, il reçut le pauvre homme qu'Alex, qui avait réagi à la vitesse de l'éclair, lui avait balancé dessus. Par réflexe, il essaya de le rattraper dans sa chute. Les mains occupées, il reçut en pleine face le mannequin de bois. Il tomba à la renverse, à moitié assommé, l'homme étalé sur ses jambes.

D'autres coups de feu éclatèrent, d'autres cris, beaucoup de bruit et d'agitation qui laissèrent place à un silence poussiéreux. Tout le monde était figé. Personne n'osait bouger de peur de déclencher à nouveau quelque chose.

Enfin, Ansfield se releva. L'homme qui lui était tombé dessus ne semblait pas blessé, de même que les deux employées cachées sous l'établi. En revanche, Wicket était livide, aussi blanc qu'était rouge le sang qui tâchait sa chemise. Il avait pris une balle dans le bras. Probablement le tir de Luke.

« Il est sorti depuis hier, qu'est-ce qu'il fout à faire un braquage avec Alex aujourd'hui ? »
Cette question l'avait frappé comme un coup de poing avant même d'avoir consciemment analysé la situation.
— Shérif ?
C'était Paul qui lui avait posé la main sur l'épaule.
— Wicket est blessé, il lui faut le chirurgien.
William parvint à se concentrer sur l'urgence. Il courut jusqu'à la fenêtre cassée, là où la foule s'était rassemblée. Un de ses hommes devrait avoir rappliqué désormais.
— Arthur ! Fonce chercher Zed ! Une balle dans le bras ! Vite !
Il retourna auprès de Wicket. Paul était déjà avec lui, une main sur l'épaule, il lui parlait à voix basse. Leurs visages étaient très proches.
« Putain de politique! se-dit Ansfield. Vote pour moi et crève ensuite ! »
Il essaya de masquer sa colère :
— Paul ? Laissez-moi lui parler, s'il vous plaît.
— Bien entendu, William, je vous en prie.
Il s'écarta avec déférence. Wicket était pâle comme un fantôme et ses yeux virevoltaient entre Paul et Ansfield.
Il était en état de choc.
— Comment est la douleur monsieur Wicket ? Vous permettez que je jette un œil ?
Wicket hocha la tête. Ansfield découpa la manche de la chemise avec des ciseaux pour libérer la plaie.
— Vous avez de la chance, la plaie est superficielle, rien que Zed ne puisse rafistoler !
Wicket ne répondit pas, il ne se plaignait même pas, il était muet et immobile comme une tombe, seul ses yeux continuaient de s'agiter dans tous les sens, accrochant tous les mouvements autour de lui.

CHAPITRE 18 : WILLIAM

— Monsieur Wicket ? William claqua des doigts pour focaliser l'attention du tailleur. Un de mes hommes arrive avec le médecin, tout ira bien ! Quand vous vous en sentirez capable, vous viendrez au bureau pour qu'on discute ensemble de ce qui vient de se passer, d'accord ?

Wicket jeta un bref coup d'œil derrière Ansfield et répondit d'une voix faible :

— Je ne saurais pas quoi vous dire Monsieur, je me suis fait braquer, c'est tout.

Il laissa échapper un sanglot, il sortait de son état de sidération. La douleur allait commencer à se faire sentir. Le chirurgien arriva sur ses paroles. Ansfield lui laissa la place près de Wicket. Paul l'interpella, le sourire aux lèvres.

— Je connais quelqu'un qui a besoin de boire un bon verre de whisky, dit-il, venez, il est pour moi.

Ansfield le suivit, ses hommes allaient prendre le relais. Il observait Paul, qui ne semblait pas être affecté par ce qui venait de se passer. Il semblait même parfaitement de bonne humeur. William ne sut pas s'il devait l'admirer pour son sang-froid, ou le craindre.

Chapitre 19
Alex, Luke

Luke se laissa porter sans bouger. Il ne savait pas où il allait, ni qui l'emmenait. Il aurait aussi bien pu être évanoui. De temps en temps, il sentait des mains puissantes le réajuster pour éviter qu'il ne tombe. Il avait les yeux fermés et se laissait bercer par le bruit des sabots. Quelqu'un prenait en main son destin et cela lui convenait parfaitement.

Le cheval stoppa. Il entendit le cavalier sauter de selle. Le bruit de ses pieds sur le sol marqua le début d'un long silence. Il ne bougea pas. Ouvrir les yeux signifierait analyser, comprendre, parler, donc sortir de cette torpeur confortable.

Il entendit un soupir de résignation, puis il fut basculé sur une épaule, comme un sac. L'homme le transporta et le déposa sans brusquerie sur une paillasse plutôt confortable. Luke sentit que l'homme l'observait. Une tension particulière transformait l'atmosphère de la pièce. Mais il garda obstinément les yeux fermés. S'il les ouvrait, la mutation de sa vie serait définitive.

Alex dévisageait en silence le gamin qu'il venait de déposer sur son lit. Il n'était pas évanoui, même s'il essayait de faire semblant. Alex voyait aux rides de son front, qu'il se forçait à fermer les yeux. Il soupira. Il mit de l'eau de sa gourde dans un godet en ferraille et le laissa sur le billot qui lui servait de table de chevet, puis il sortit de la grotte. Si le gamin voulait faire le mort, il devait avoir ses raisons. Il avait l'esprit déjà suffisamment encombré de questions.

Il imaginait facilement pourquoi Paul s'était pointé chez Wicket. Il voulait vérifier que le travail serait fait. Mais pourquoi avait-il amené le shérif avec lui ? Alex ne voyait aucune raison à Paul de le faire coffrer. Il était à la fois son gagne-pain et sa couverture.

« Pas sûr qu'il apprécierait que je raconte ce que je sais de lui à Ansfield. » pensa-t-il.

Peut-être que le shérif n'était pas si naïf et qu'il commençait à s'apercevoir que ses attaques ciblaient systématiquement les derniers arrivés en ville, malgré les quelques braquages dit « de diversion » que Paul commanditait de temps à autre. Ansfield pouvait s'être rendu de lui-même chez Wicket poussé par des soupçons dans ce sens-là, et se serait Paul qui l'aurait accompagné pour protéger ses intérêts ?

Que venait faire le gamin dans cette équation ? La tête d'Alex fourmillait d'hypothèses. Il ne fallait pas non plus négliger la possibilité que tout le monde se soit retrouvé chez Wicket au même moment tout simplement par hasard. Mais Alex ne croyait pas au hasard quand Paul était impliqué.

« J'ai bien fait d'embarquer le gamin, pensa-t-il, s'il a quoi que ce soit à voir avec Paul, je pourrais peut-être en tirer un avantage. »

Il se leva et entra discrètement dans la grotte. Il approcha une torche au-dessus du lit pour observer le jeune homme qui y dormait. La fatigue émotionnelle et physique de ces deux derniers jours avait fini par emporter

CHAPITRE 19 : ALEX, LUKE

Luke dans un lourd sommeil. A la lueur de la torche et dans les yeux d'Alex, Luke paraissait fragile. Alex avait été touché par ce gamin. Quand il l'avait vu seul, perdu devant cette foule qui l'observait, près de se faire coffrer par les hommes d'Ansfield, il l'avait embarqué sans réfléchir.

Chapitre 20
William

« Je récolte ce que j'ai semé. »
La sentence sonnait comme une évidence. William était assis à son bureau, les coudes posés sur la table, les mains jointes devant son visage il se mordait les pouces en réfléchissant.
Il était seul. A cette heure tardive, quelques marshals patrouillaient dans la région et les autres étaient chez eux, dans leurs familles. William vivait dans le logement que lui fournissait l'administration depuis toujours. Une pièce unique avec juste le mobilier nécessaire. Il n'avait pas de famille. Il n'avait pas eu le temps. Il s'était totalement dévoué à sa mission.
William avait grandi dans les rues de la capitale. Son père était marshal. Il l'admirait quand il était assis sur son cheval, le visage sévère dans l'ombre de son chapeau, l'étoile qui brillait au soleil. Son père lui avait transmis sa vocation. Il faisait le plus beau métier du monde. Grâce à lui et à ses collègues, la capitale était un endroit où les gens se sentaient bien et étaient heureux de vivre. D'autres régions attendaient que des grands hommes viennent les civiliser et y installent une douceur de vivre équivalente à celle d'ici.
A dix-huit ans, William avait réussi tous les tests haut

la main, porté par cette idéologie. Il se l'était appropriée. Il était devenu un grand homme. S'il y avait un endroit où William pouvait mesurer l'étendue de son succès, c'était dans le regard de Luke. Il sillonnait Redtown, tous les jours, toujours heureux, avec dans les yeux, la même joie que lui-même avait quand il grandissait à la capitale. Et pourtant il l'avait trahi. Il avait trahi un gamin innocent pour assouvir son ambition.

« Deux terroristes impressionnent plus qu'un seul. » Voilà ce qu'il avait pensé. Il s'était tu. Une fois nommé shérif, il avait racheté sa conscience en jouant de son influence pour faire en sorte que Luke soit protégé en prison. Il avait largement fait diminuer sa peine. C'était grâce à lui s'il avait pu sortir au bout de deux ans. Il avait vaguement eu l'idée de l'aider de son mieux pour lui redonner une place à Redtown quand il reviendrait, s'il revenait. C'était un compromis moral avec lui-même qui lui pansait la conscience.

Une seule journée et il était déjà trop tard. Beaucoup de gens l'avaient vu s'enfuir avec Alex, et ceux qui n'avaient pas assisté à la scène, auraient entendu l'histoire romancée, amplifiée et déformée. La rumeur allait se répandre comme une traînée de poudre : le légendaire Alex avait pris sous son aile le jeune terroriste Luke, de retour au bercail.

Ansfield soupira.

« Les deux personnages de cette histoire sont mes créatures. »

Chapitre 21
Alex, Luke

Des bruits de sabots sur le sentier réveillèrent Alex en sursaut ! Il avait fini par s'endormir à la belle étoile, allongé près du feu. Les sens en alerte, il compta trois chevaux qui montaient à faible allure.

Il se leva précipitamment. Trois chevaux, ce n'était pas normal ! Paul et Jack venaient toujours à deux et le pas de leurs chevaux était sûr et déterminé, pas lent et flottant comme maintenant. Alex roula sa couverture, la rangea sur la selle, attacha sa gourde, vérifia ses munitions, il était prêt à fuir. Pourtant il restait debout à côté de son cheval, immobile, les bras ballants, le regard fixe perdu dans le lointain.

« Ce n'est pas normal ».

Hier le shérif débarque chez Wicket et à l'aube trois personnes montent le sentier caché qui mène à sa planque. La solution était pourtant simple, partir, se cacher et espionner pour découvrir ce qu'il en était. C'est ce qu'Alex aurait fait avec son sang-froid habituel, s'il n'y avait le gamin endormi dans la grotte. Ce simple fait paralysait ses réactions, perturbait ses réflexes, embrouillait son esprit. Il se trouvait face à un choix qui dépassait sa personne. Un choix qui allait impacter le reste de sa vie. Les bruits de sabots se rapprochaient. Soudain

il se mit à courir. Il entra dans la grotte en criant :
— Réveille-toi gamin !
Luke ouvrit les yeux. Alex lui secouait l'épaule, le regard dur et déterminé :
— Lève-toi ! Il faut partir !
Luke regarda autour de lui, un peu hébété. Il découvrit qu'il était dans une grotte, aménagée avec un certain confort. Alex tira le gamin par le bras pour le mettre debout :
— Tu visiteras plus tard, il faut partir !
Luke se leva enfin et sans se poser plus de questions, suivit le mouvement. Alex se mit à courir. C'est bon le gamin le suivait ! Il se précipita vers un épais buisson de fougères derrière lequel il pourrait voir les cavaliers arriver.

Luke ne comprenait pas ce qui était en train de se passer. Alex semblait tendu, inquiet. Lui, avait encore la tête lourde de sommeil, il ne savait pas où il était ni ce qu'il faisait.

— Qu'est-ce qui se passe ? demanda-t-il.

Alex posa son doigt sur ses lèvres pour lui intimer de se taire, puis sur son oreille pour l'inciter à écouter. Luke obéit et entendit les chevaux qui s'approchaient. Son corps se contracta.

« Le shérif » pensa-t-il immédiatement.

Alex vit Luke se tendre d'un coup, le regard paniqué. Au moins maintenant, il était parfaitement réveillé. Alex regardait la fumée du feu mourant tournoyer paresseusement dans l'air, son cheval qui broutait... Il espérait qu'il pourrait encore le caresser en admirant la vue de la falaise.

Deux cavaliers très bien habillés, dont l'un tirait par la bride un cheval scellé mais non monté débouchèrent du

CHAPITRE 21 : ALEX, LUKE

sentier. Luke sentit le corps d'Alex se décontracter, mais ses yeux lançaient des éclairs de colère. Alex se frotta le visage avec les mains pour essayer de se calmer. Ces salopards lui avaient collé une peur bleue.

— C'est bon, dit-il de sa voix rauque, je les connais.

Ce n'était pas pour lui qu'il avait eu la trouille. Il se leva et sortit de sa cachette, Luke sur les talons. L'un des hommes s'était assis près du feu et le réanimait pendant que l'autre se roulait une cigarette.

— Ah ! Alex ! Quel plaisir de te voir ! dit Paul en souriant.

Chapitre 22
Luke

Visiblement la réciproque n'était pas vraie. Luke cala ses mouvements sur ceux d'Alex, il s'assit à côté de lui sur le tronc d'arbre, en silence. L'atmosphère était pesante. Le plus costaud paraissait prêt à bondir malgré son air parfaitement calme. Alex fusillait du regard le second qui ne semblait pas en être affecté le moins du monde. Il tirait sur sa cigarette avec un plaisir évident.

— Bonjour Luke, dit-il en se tournant brusquement vers lui. Je me présente, je m'appelle Paul et mon ami, c'est Jack.

Luke ne sut pas quoi répondre, alors il ne répondit rien.

— Ce que t'as fait hier chez Wicket, c'était vraiment du bon boulot ! le félicita Paul. Le pauvre homme était terrorisé ! Excellente idée de lui tirer dessus, n'est-ce pas Jack ? Wicket est un dur à cuire, mais on peut dire que tu as su employer les bons arguments pour le convaincre.

Paul rit de bon cœur. Luke pâlit. Paul tendit la main vers Jack sans le regarder. Jack sortit de la poche intérieure de son veston, un revolver et une petite boîte en carton, qu'il déposa dans la main tendue.

— Voici une arme rien que pour toi, et quelques munitions, dit Paul en lui tendant le matériel. Luke les prit machinalement, par politesse sans doute.

— Pour la prochaine fois, n'oublie pas qu'il ne faut pas tuer nos clients ! Un Wicket mort ne nous aurait servi à rien ! Heureusement que tu l'as juste blessé au bras !

Paul lui parlait comme s'il grondait un enfant avec beaucoup de bienveillance. Luke voulut protester mais il n'eut pas le temps.

— Il n'y aura pas de prochaine fois ! rugit Alex en se levant.

Jack s'était levé dans la même seconde. Il pointait sur la poitrine d'Alex une arme sortie de nulle part. Luke ne l'avait même pas vu bouger. Paul continua de s'adresser à Luke comme si de rien n'était.

— En ville, tout le monde ne parle que de vous ! Vous faites la une de la presse. Le public adore votre histoire ! Le légendaire Alex et le paria Luke, revenu sur ses terres pour se venger à sa sortie de prison !

Luke avala sa salive avec difficulté. Le sourire de Paul était terrifiant. Il ne parvenait pas à protester, il était comme hypnotisé.

— J'ai pu vous ramener un journal fraîchement imprimé de ce matin, le rédacteur en chef est un ami, confia-t-il, tu pourras lire par toi-même. Il est rangé dans les fontes de ton cheval.

Paul laissa un silence. Alex était toujours debout face à Jack qui lui pointait son arme sur la poitrine. Le silence devint inconfortable. Paul attendait patiemment que Luke dise sa réplique. La scène semblait pouvoir rester figée ainsi indéfiniment tant que Luke n'aurait pas répondu.

— Je... Je n'ai pas de cheval, dit-il enfin.

— Cadeau ! s'exclama Paul. Ce cheval est pour toi !

Il reprit son ton d'autorité bienveillante :

— Vous deux, asseyez-vous ! Alex, on est déjà passé par là il y a deux jours ! Tu ne souhaites pas un nouveau

CHAPITRE 22 : LUKE

drame j'espère ? Jack, arrête de menacer Alex, il saura se montrer raisonnable, il fait partie de la famille maintenant.

Jack obéit aussitôt. Alex resta debout encore un moment. Sous la pression du regard de Paul, il finit par s'asseoir à côté de Luke. Paul parut pleinement satisfait.

— Bien ! reprit-il, Luke, quoi que tu décides, ce cheval est pour toi. Tu peux le prendre pour disparaître là où personne ne te connaît. Ou tu peux l'utiliser pour travailler avec nous. Trouver une place dans ta propre ville et devenir une légende ! On te laisse réfléchir, on reviendra ce soir.

Il se pencha vers lui et ajouta avec gravité :

— Luke, si tu décides de partir, passe dire au revoir à ton père, la famille c'est très important pour nous ! Si tu restes, elle saura se montrer très généreuse...

Sur ces paroles, ils se levèrent et sans un mot de plus, montèrent en selle et partirent. Il ne restait que la monture qu'ils avaient offerte à Luke, qui cherchait du museau une bonne touffe d'herbe à brouter.

Alex soupira et frotta plusieurs fois son visage avec ses mains. Luke se leva et s'approcha de son cheval. Il lui caressa l'encolure. L'animal releva la tête en soufflant :

— Là, tranquille, murmura Luke.

Il enlaça son cou en continuant de lui murmurer des paroles apaisantes. La bête était docile, elle avait déjà adopté son nouveau maître.

Luke était à la croisée des chemins. En lui offrant ce cheval, Paul lui avait remis son destin entre les mains.

— Tu penses que t'as le choix, n'est-ce pas ?

La voix d'Alex le ramena à l'instant présent.

— Est-ce que tu as entendu parler de la maison qui a brûlé avant-hier ? lui demanda Alex.

— Oui ! s'exclama Luke, c'était pas très loin de chez moi ! J'ai même aidé à éteindre l'incendie !

— C'est la maison que mon père a bâtie de ses mains, à l'époque où nous sommes arrivés à Redtown. Paul y a mis le feu parce que j'ai voulu m'affranchir. J'ai refusé d'attaquer Wicket et des gens sont morts.

Luke resta sans voix. Il avait manqué d'empathie pour la tragédie dont il avait été témoin, écrasé par ses propres soucis. La mort de ces gens avait-elle vraiment été provoquée par l'homme qui venait de lui faire ce cadeau ?

— Si tu pars, va dire au revoir à ton père, paraphrasa Alex, tu comprends ce que ça veut dire ?

Luke était sonné. Il comprenait en effet.

— Je suis désolé Luke, mais je ne pouvais pas te laisser partir sans que tu comprennes ce que ça implique vraiment.

Alex invita Luke à s'asseoir à côté de lui. Il lui raconta qui était Paul et comment il avait envahi sa vie. Luke l'écouta attentivement, à la fois choqué par l'histoire et ému qu'Alex se confie à lui aussi facilement.

— Alors, à chaque fois que tu attaques, c'est sur ordre de Paul ? demanda Luke.

— Oui.

— Pardon de te demander ça, hésita Luke, mais, pourquoi tu n'es pas parti ?

— Je suis déjà parti ! J'ai fini par revenir. Je suis c'est chez moi ici. Je n'ai pas envie d'être ailleurs.

Luke hocha la tête.

— Je comprends.

Un silence complice s'établit entre eux.

— Qu'est-ce que je vais faire ? se demanda Luke à haute voix. Je n'ai nulle part où aller !

— Tu vas rester ici bien-sûr, répondit Alex.

CHAPITRE 22 : LUKE

Luke se sentit soulagé. Il ne voulait pas rester seul, pourtant il se sentait coupable de s'imposer ainsi à Alex.

Celui-ci le devança :

— J'ai pris ma décision te concernant quand je t'ai ramassé devant chez Wicket. On n'a plus le choix de toute façon, c'est écrit dans le journal !

— Merci Alex.

— De rien gamin. En revanche, pardon de te demander ça : mais, bon sang ! Pourquoi t'as tiré sur Wicket ? Tu ne pouvais pas juste attendre que ça passe et reprendre ta vie où tu l'avais laissée ?

Luke rougit brusquement.

— Ce n'est pas Wicket que je visais, avoua-t-il. C'était toi.

Les sourcils toujours froncés d'Alex se levèrent très haut sur son front lorsqu'il écarquilla les yeux comme des billes.

— Je me disais que si je réussissais à arrêter "Alex", je serais un héros et je retrouverais ma place à Redtown, enchaîna très vite Luke.

Cette confession inattendue lui avait fait du bien, il n'aurait pas pu rester sans le lui avouer, mais elle pouvait aussi tout changer. Il se crispa, suspendu à la réaction d'Alex. Celui-ci éclata de rire. Un rire sincère et communicatif. Luke se détendit et rit avec lui, bien qu'un peu gêné. Alex lui donna une tape sur l'épaule et lui dit en souriant :

— Je suis désolé que ça n'ait pas marché !

Chapitre 23
William

William n'avait pas beaucoup dormi. La culpabilité le rongeait de l'intérieur. Ce qu'il craignait était paru dans la presse de ce matin. Les médias ont le devoir de relater les faits avec retenue et objectivité mais devaient aussi se vendre. L'affaire Wicket s'était transformée en roman tragique. Il était déjà trop tard pour que William puisse agir en faveur de Luke.

Il était aussi obsédé par l'attitude de Paul, qu'il trouvait particulièrement étrange. Surtout cet échange furtif au moment où il ordonnait à Arthur d'aller chercher le chirurgien. Il décortiquait chaque élément de la scène depuis sa rencontre avec Paul jusqu'à leur séparation. Il n'arrivait pas à mettre le doigt sur ce qui clochait.

Il n'attendit pas que Wicket passe au bureau, il décida de prendre les devants. Il frappa à la porte de son logement et sa femme lui ouvrit. Elle pâlit légèrement quand elle vit l'insigne et que William se présenta.

« Étrange » pensa-t-il.

Il n'avait jamais jeté un tel froid chez une victime auparavant. Il fut malgré tout invité à s'installer à table et refusa poliment la boisson qu'on lui proposa.

— Comment va votre bras monsieur Wicket ?
— Il est douloureux mais l'os n'a pas été cassé, je de-

vrais m'en remettre, répondit-il.
— Tant mieux ! Je suis ravi de l'apprendre !
William enchaîna avec des questions sur leur vie, leur famille, d'où ils venaient, leur installation à Redtown... Le couple se détendit.
— Aviez-vous déjà rencontré Paul auparavant ?
L'ambiance s'alourdit aussitôt. Ils échangèrent un regard furtif qui n'échappa pas à la vigilance de William. Son intuition était donc bonne. Quelque chose clochait. Wicket ne fit même pas semblant d'essayer de chercher dans ses souvenirs qui était Paul, il répondit :
— Non, c'était la première fois !
Wicket essayait de garder un ton égal mais un léger tremblement trahissait son mensonge.
— Puis-je savoir ce qu'il vous a dit hier, quand il avait la main sur votre épaule ?
— Il m'a dit quelques mots réconfortants, j'imagine...
Je ne sais plus Monsieur le Shérif, ajouta-t-il précipitamment, j'étais sous le choc, vous comprenez ?
— Je comprends monsieur Wicket dit-il d'un ton compatissant. J'avais peur que son ambition politique l'ait fait mal se comporter envers vous.
— Non, non, pas du tout !
William avait trouvé ce qu'il cherchait. Il décida de ne pas pousser plus loin le pauvre homme.
— Je vous souhaite un bon rétablissement Monsieur Wicket, s'il vous revient quoi que ce soit, vous savez où me trouver.
Ils se séparèrent poliment. En sortant dans la rue, il jeta un coup d'œil par la fenêtre. Wicket parlait à sa femme qui pleurait. William ressentait beaucoup de nervosité dans leur échange.
Le nom de Paul les avait affectés d'une manière qu'ils

CHAPITRE 23 : WILLIAM

n'avaient pas été en mesure de dissimuler. Ils étaient terrorisés. Bien plus que les victimes habituelles d'un braquage. Wicket l'avait vu entrer avec Paul dans sa boutique, et aujourd'hui il se méfiait de lui. Paul avait dit que sa présence impressionnerait favorablement Wicket. Pensif, William émit plusieurs hypothèses dont une qui lui fit froid dans le dos.

Il décida d'épier l'agence d'assurance. Il n'eut pas à attendre longtemps. Wicket arriva d'un pas pressé et pénétra dans l'établissement. Même s'il s'y attendait, William reçut un choc dans la poitrine. Sa pire hypothèse prenait de la consistance sous ses yeux. Il retourna au bureau la tête basse. Il allait devoir vérifier. Il avait beaucoup de travail devant lui. Il fouillait dans les archives quand un frisson parcourut la salle. Un de ses marshals venait de rentrer de patrouille, il avait l'air d'avoir mordu la poussière.

— Alex et Luke ont braqué une épicerie ! annonça-t-il à la cantonade. On n'a rien pu faire.

« Comme d'habitude. »

Personne ne le dit, mais beaucoup le pensèrent. Il était à peine midi et la paire Alex-Luke était déjà devenue une réalité concrète.

TROISIÈME PARTIE

Chapitre 24
William

William était au premier rang. Une petite foule s'était rassemblée pour assister aux funérailles. Il faut dire que Mills était une figure historique de la ville. Beaucoup de civils étaient présents, la nuque baissée, la figure triste, pour rendre hommage à l'ancien shérif qui n'avait pas eu le temps de profiter de sa retraite, emporté par une crise cardiaque.

« Ceux-là partagent plus sincèrement ma peine que les vautours du premier rang », pensa William.

Il y avait quelques officiels dont le maire actuel, qui avait fait un discours émouvant et nostalgique sur le Redtown de l'époque de Mills. Un discours écouté et applaudi religieusement par Paul, qui convoitait sa place.

Né poussière, tu redeviendras poussière. Anthony Mills retournait à la terre qu'il avait aimée et défendue, une terre aujourd'hui mise à feu et à sang par de basses manigances politiques. William regarda le trou dans lequel le cercueil était glissé.

« Ecoute-moi bien Will, un jour, faudra que tu l'attrapes, t'auras pas le choix, ton histoire avec Alex va finir par te péter à la tête. »

La voix de Mills lui revenait d'outre-tombe. Il avait raison, c'était en train de se produire.

Alex, associé à Luke, multipliait les attaques, et pas seulement à Redtown. Il étendait son activité à toute la région. Les routes n'étaient de nouveau plus sûres. Les fermiers se réarmaient pour se protéger. Les commerçants se barricadaient la nuit dans leurs boutiques avec leur fusil. On ne parlait plus que de ce déchaînement de violence, dans la rue, au saloon, dans les journaux :

« Le maire et le pouvoir politique incapables de réagir." "Que fait Ansfield ?" Et d'autres articles assassins du même genre paraissaient presque tous les jours. Pour William, le pire avait été :

« Comment un simple duo de malfaiteurs peut-il autant déstabiliser la région ? La réponse est simple, le shérif Ansfield a laissé courir Alex pendant trop d'années ! Aujourd'hui il s'est associé au jeune terroriste Luke, de retour pour frapper le pays. Ensemble, ils dépassent la compétence des autorités. Heureusement, l'élection approche et les cartes seront peut-être rebattues"

Un article court, tranchant et mortel. Le maire était sous pression, donc Ansfield était sous pression.

« William, vous devez absolument mettre fin aux activités de cette bande de hors la loi d'un autre temps ! Et avant les élections ! lui avait ordonné le maire. Redtown est à un tournant capital de son évolution et sa place dans l'état dépend de votre efficacité ! »

Pendant ce temps, Paul menait sa campagne sur le front de la sécurité. Il promettait qu'une fois élu, Redtown redeviendrait une région sûre et prospère. Il faisait au peuple les promesses qu'il voulait entendre.

Bien-sûr qu'il obtiendrait des résultats puisque c'était lui qui pilotait Alex et Luke ! C'était la conclusion de ses recherches. Il avait sorti tous les dossiers cumulés sur les attaques d'Alex ces deux dernières années. La fameuse

CHAPITRE 24 : WILLIAM

paperasse qui désespérait Mills. Il avait passé des heures à recouper différents éléments pour trouver les liens qui réunissaient quasiment toutes les victimes d'Alex à la société d'assurance de Paul. Il les avait interrogées à nouveau. Toutes étaient assurées chez Paul et toutes devenaient nerveuses à la mention de son nom. Sauf, bien entendu, celles qui s'étaient suicidées. Certaines de ces victimes étaient en prison pour le meurtre de l'un des membres de leur famille. William avait mené les enquêtes lui-même et n'avait pas compris la vérité de leurs histoires : elles avaient avoué ! Loin de Redtown, au fond de leurs cellules, elles continuaient de nier avoir eu affaire à Paul. Il n'osait pas imaginer ce que Paul leur faisait pour qu'elles en arrivent à confesser le meurtre d'un proche qu'elles n'avaient pas commis et continuer de mentir en prison.

Son enquête avait été longue et difficile car il l'avait menée en secret. Il entrevoyait un réseau de criminalité sous-terrain qui pouvait s'étendre jusque dans son entourage de travail. Si ce qu'il soupçonnait était vrai, il devait agir avec prudence.

D'autant plus que Paul était persuadé de le tenir entre ses mains. Il le défendait dans ses discours, affichait une belle entente avec lui en public et en privé. Il le fallait bien, puisque l'aura de William était à peine écornée par les événements. La population le connaissait et le respectait trop pour que son image s'effondre à la première difficulté. La majorité des gens continuait de lui faire confiance. Ce qui agaçait au plus haut point le maire qui dégringolait dans l'opinion publique.

Le seul allié de William était Patterson, le shérif de la capitale. C'était un homme de son âge qui a été formé auprès de son père. Il avait pris un risque en prenant contact avec lui, mais il avait trouvé un homme aussi isolé que lui face aux activités criminelles du Vieux Tony. Ils s'étaient retrouvés dans leur intégrité et leur impuissance à agir. William faisait confiance à Patterson. Il n'avait pas le choix.

La fin de la cérémonie approchait. Les gens commençaient à défiler devant le cercueil de Mills. Ils attrapaient une poignée de terre et la jetaient dans le trou. William regarda Paul accomplir le rituel juste avant lui, contenant la colère de voir ce fumier souiller de sa tristesse calculée la mémoire de Mills.

Il acceptait pour l'instant son rôle de pion et rendit à Paul son regard complice quand il lui laissa la place. Il attrapa une poignée de cette terre poussiéreuse, légèrement rouge, qui donnait son nom à la ville, la malaxa tendrement dans sa main. Il ne travaillait ni pour le maire ni pour Paul ni pour un quelconque conseil d'administration fédéral. Il travaillait pour les gens qui partageaient sincèrement sa tristesse. Il travaillait pour cette terre qu'il tenait dans la main. Patterson savait de source sûre que Paul était un lieutenant de Tony. William avait élaboré un plan et l'avait convaincu de l'aider. Il ferait d'une pierre deux coups. Paul ne serait jamais élu maire ! Et le temps était venu de renvoyer Alex à cette terre qu'ils aimaient tant tous les deux.

Il jeta la poignée dans le trou. Il visa une zone sur le cercueil que personne n'avait encore touchée :

« Je vais le faire à ta façon, Shérif Mills, tu vas adorer ça ! »

Chapitre 25
Patterson

Le shérif Patterson surveillait le traitre par la vitre de son bureau. L'homme ne parvenait pas correctement à faire semblant de travailler. Il guettait nerveusement la porte d'entrée. Patterson et lui attendaient la même personne. Il avait du recevoir l'instruction d'écouter la conversation qui aurait lieu dans le bureau du shérif et se demandait sûrement comment il allait y parvenir. On ne peut pas décevoir le vieux Tony, l'homme le savait, d'où sa nervosité.

« Ne t'en fais pas mon bonhomme, je vais te faciliter la tâche. »

Patterson avait découvert que son agent avait changé d'allégeance grâce à une espionne infiltrée au plus proche de Tony. Il n'était pas étonné, certain que le parrain de la pègre chercherait à recruter dans les forces de l'ordre.

Patterson avait pris un malin plaisir à l'obliger à travailler contre son nouveau patron en l'intégrant à l'équipe qui avait interrompu la vente d'armes la plus spectaculaire de l'histoire de la capitale. Une opération réussie avec brio, les caisses d'armes saisies ainsi que les protagonistes de la transaction. Malheureusement, cette opération avait également coûté la couverture de son espionne. Tony, soupçonneux, l'avait piégée. Maëve était la seule à connaître les informations précises concernant l'échange. La victoire s'était transformée en échec. Sa seule source de renseignement proche de Tony était tarie. Désormais, Maëve ne pouvait plus lui être utile. Cependant, William Ansfield, le shérif de Redtown duquel il s'était rapproché récemment, avait converti cette situation désastreuse en opportunité. Il avait imaginé un plan dans lequel Maëve jouerait un rôle majeur.

Celle-ci avait tout de suite accepté.

Le traître se redressa soudain. Maëve franchissait la porte. Le spectacle allait pouvoir commencer.

Elle fonça directement dans le bureau de Patterson et laissa la porte légèrement entrouverte, comme prévu. L'espion de Tony profita de l'aubaine avec soulagement et prétendit être absorbé dans la lecture d'un dossier juste devant la porte.

« L'imbécile ! »

— Shérif, je suis dans la merde ! commença Maëve.

— Calme-toi Maëve, assieds-toi, répondit Patterson, prenant place lui-même derrière son bureau.

Maëve n'en fit rien.

— Tony a mis une prime sur ma tête ! s'exclama-t-elle, je suis foutue !

Patterson prit son temps avant de répondre.

— Tu vas devoir quitter la capitale.

— Quoi ?

— Voire le continent !

Maëve cria :

— Vous vous foutez de moi ? Il est hors de question de prendre la fuite !

Patterson répliqua impitoyable :

— Si tu restes, tu meurs.

— Après tout ce que j'ai fait pour vous, j'espérais que

CHAPITRE 25 : PATTERSON

vous pourriez me protéger !

Patterson soupira :

— Je n'ai ni les ressources, ni le temps nécessaire à consacrer à ta protection. En revanche, je peux organiser ton exfiltration, te mettre sur un paquebot avec une enveloppe qui te permettra de démarrer une nouvelle vie.

Maëve garda le silence.

— C'est tout ce que je peux faire pour toi, conclut Patterson.

— Vous m'abandonnez ? demanda Maëve incrédule.

— Ecoute Maëve, tu es grillée ! Tu ne peux plus te rendre utile. Je t'offre la possibilité de sauver ta peau. Prends-là !

La voix de Maëve se fit froide, remplie de colère contenue.

— Tony a tué mes parents, menti sur leur compte pendant des années ! Il a fait de moi sa chose, un trophée ! Je n'irai nulle part tant qu'il n'aura pas payé !

Patterson laissa passer un silence. Il imaginait son agent de l'autre côté de la porte suspendu à ses lèvres.

— Je suis désolé Maëve, tu as été un atout précieux, mais tu as perdu ta capacité d'agir.

Maëve poussa un cri de rage, donna un coup de pied dans une chaise qui se renversa avec fracas. La scène devenait intense puis soudain :

— Les diligences, dit Maëve à mi-voix.

— Quoi les diligences ? joua Patterson.

— Vous vous trompez shérif, précisa Maëve, un brin de folie et de triomphe dans la voix, je suis toujours capable d'agir !

Patterson se leva et protesta bruyamment. Maëve ouvrit la porte et dit juste avant de sortir :

— Il doit y avoir bien plus que dans votre foutue enveloppe !

Puis elle lui claqua la porte au nez.

Le traitre enfilait déjà son manteau et son chapeau. Il se précipitait pour faire son rapport sous le regard amusé de Patterson.

« L'imbécile ! »

Chapitre 26
Maëve, Shérif

William était assis sur un grand tabouret, les deux coudes posés sur le comptoir. Il finissait son café en observant la salle du coin de l'œil. La plupart des clients mangeaient un petit-déjeuner en lisant le journal qu'un jeune garçon vendait en hurlant devant la porte. On entendait les bruits de vaisselle à travers l'ambiance feutrée des conversations. En cette heure matinale, on était loin du tumulte des fins de journées.

William sentit un frisson lui parcourir la nuque. Il s'étira pour observer à la dérobée l'homme assis à la table derrière lui. Il lisait son journal, qu'il tenait sur sa jambe repliée sur sa cuisse, de sorte que William ne voyait que le bas de son visage, une bouche fine, sillonnée de quelques rides, et un menton qui n'a pas été rasé depuis plusieurs jours. Le reste était caché sous un grand sombrero noir. L'homme était entièrement vêtu de noir, jusqu'à ses bottes. Il n'avait pas pris la peine d'enlever son long manteau. Il était cependant suffisamment entrouvert pour laisser apparaître la crosse de son revolver à sa ceinture, gravée R.W. La bouche de l'homme en noir eut un léger spasme qui aurait pu être confondu avec un sourire. Il tourna lentement la page de son journal pour ne pas le froisser.

« Étrange que je sois encore vivant. » pensa William. Il reprit sa position initiale. Il n'avait pas le temps de s'occuper de ça maintenant. Les portes battantes du saloon grincèrent légèrement et le rideau de l'entrée s'écarta sur la personne qu'il attendait.

Elle avait bien dissimulé sa silhouette sous un poncho de laine bariolé et ses cheveux sous un stetson à large bord. Cependant sa démarche trahissait sa féminité. Elle prit place sur le tabouret à côté de William qui la salua par un sourire.

— Bonjour Maëve, qu'est-ce que tu veux boire ?

— Bonjour Shérif Ansfield, répondit-elle, une limonade s'il vous plaît.

— Appelle-moi William, je t'en prie.

Il leva la main et commanda deux limonades. Ils ne dirent rien tant que le barman ne les eut pas servis. William le remercia d'un signe de tête et celui-ci s'éloigna. Maëve observait la salle. Son regard s'attarda sur l'homme en noir. Elle se pencha vers William et baissa la voix :

— Vous êtes sûr de cet endroit, Shérif… William ? demanda-t-elle inquiète.

— Beaucoup des clients ici ne sont que de passage, quant aux habitués, ils savent que je rencontre souvent des amis assis sur ce même tabouret, ne t'inquiète pas.

Le regard de Maëve s'attarda sur le barman.

— Tom est mon plus vieil ami en ville, c'est peut-être la seule personne digne de confiance à Redtown.

Maëve se pencha vers lui et murmura :

— Et l'homme en noir derrière ? Je le trouve trop près !

— Il ne travaille pas pour Paul, répondit William d'un ton sans équivoque.

Maëve le crut instantanément.

CHAPITRE 26 : MAËVE, SHÉRIF

— Désolée Shérif, vous devez comprendre que je mise ma vie dans cette affaire !

« C'est moi qui mise ta vie. »

— Je le comprends mieux que personne, dit-il, et j'admire ton courage ! Tu n'as pas hésité quand le shérif Patterson t'a proposé la mission.

— A aucun moment.

William leva son verre avec respect.

— Je voulais te rencontrer car je n'ai eu que la version de Patterson. J'ai besoin d'entendre l'histoire de ton point de vue. Raconte-moi ce qui t'a amenée à accepter une mission aussi risquée.

— Tony a tendu un piège. Il soupçonnait qu'une taupe était infiltrée dans son entourage. Il a organisé une importante vente d'armes. Grâce à une information que seules des personnes proches de lui auraient pu révéler, Patterson a interrompu la transaction. Le client qui devait recevoir la cargaison a été très mécontent mais comme Tony est le seul à avoir les moyens de lui fournir les armes, il a augmenté le tarif, à cause de l'accroissement des risques de l'opération. C'est ce qui s'appelle faire d'une pierre, deux coups !

— Le Vieux Tony tient son affaire d'une main de maître, constata William.

— Oui, acquiesça Maëve. Sur le moment je n'ai pas senti le piège, j'ai peut-être été trop naïve. Il s'est avéré que j'étais la seule à connaître les détails du plan de Tony. C'était fini pour moi. Tony m'a fait un numéro de père éploré, terrassé par la déception. J'ai cru mourir ! Pourtant, il m'a promis son pardon en échange d'un travail exceptionnel, auprès d'un homme influent, bien qu'il me considérait « comme sa propre fille », je ne lui laissais pas le choix... Sa fille mon cul ! ajouta-elle pour elle-même.

William l'observa pendant qu'elle vidait son verre d'une main tremblante. Elle avait les cheveux bruns et les yeux bleu foncé, un joli visage encore éclatant de jeunesse. Il ne put s'empêcher de remarquer les deux bosses arrondies qui tendaient le tissu de son poncho, malgré la largeur du vêtement.

« C'est sûr, pensa-t-il, qu'avec ce genre d'activité, elle aurait pu rapporter beaucoup d'argent et d'influence au Vieux Tony. »

Il pensa à Mills quand il avait enlevé son chapeau, accablé de fatigue.

— J'aurais pu faire le travail et rester infiltrée, mais - sa voix trembla – ça ne se serait jamais arrêté ! C'est au-dessus de mes forces, vous comprenez ?

— Je comprends très bien, répondit-il avec compassion. Rien ne t'y obligeait. Tu as pris la bonne décision. Grâce à toi, nous avons un plan. Ta prétendue naïveté s'est transformée en atout et leur arrogance causera leur perte !

— Grâce à vous, je peux échapper au vieux Tony en continuant de lui nuire !

— Pour atterrir entre les mains de Paul, rappela William, ce qui peut être encore plus dangereux ! Il est terriblement efficace dans son travail. Il ne doit en aucun cas devenir maire de cette ville !

William serra les dents et le poing.

— Il a brûlé vif une petite fille pour maintenir Alex sous sa coupe ! J'en suis convaincu mais je n'ai aucune preuve ! Aucun moyen de convaincre qui que ce soit de sa culpabilité. Je n'ai confiance en aucun de mes hommes. Son influence s'est répandue sur toute la ville. Je mettrais ma main à couper que le juge est tenu en laisse. Nous sommes tellement seuls !

CHAPITRE 26 : MAËVE, SHÉRIF

Il finit son verre d'un seul trait. Maëve soupira :
— Si seulement vous pouviez vous en débarrasser d'une balle dans la tête !

La colère traversa William :
— Si seulement tu avais pu descendre le vieux Tony dans son sommeil ! rétorqua-t-il avec plus de violence que prévu.

Maëve baissa la tête, honteuse. Elle revoyait les scénarios de meurtres vengeurs et sanglants qu'elle s'était imaginés comme exutoires à sa colère. Elle brisa le silence :
— Quand j'étais encore une petite fille, je me suis fondue dans la vie que m'offrait Tony. Il ne m'a jamais caché le fait qu'il avait assassiné mes parents. Pour me protéger, disait-il. Il me les a toujours dépeints comme des gens malfaisants qui m'auraient fait du mal. Que pouvais-je faire d'autre que le croire ? J'étais trop petite pour avoir des souvenirs et Tony me traitait comme une princesse ! J'avais tout ce que je voulais ! Il me donnait de l'attention et s'occupait de mon éducation comme un père. En grandissant, je me rendais compte qu'il avait du pouvoir et que les gens le craignaient. Moi, je n'avais pas peur de lui et il avait de l'indulgence pour moi. J'étais à part, vous comprenez ?

William hocha la tête.

— Avec le temps, j'ai réalisé qu'il maniait le mensonge en permanence, comme un outil de manipulation. Lui pensait m'enseigner l'art du pouvoir, moi je commençais à remettre en question tout ce qu'il m'avait raconté. J'ai fini par comprendre que les histoires à propos de mes parents étaient des inventions pour m'asservir. Ma vie s'était construite sur une trahison. Il m'a volé mon vrai père, il m'a volé ma mère ! A ce moment-là, j'ai voulu le tuer. Mais ça n'aurait servi à rien. Il me protégeait du monde violent dans lequel j'évoluais. J'ai conscience du regard que les hommes posent sur moi. Que m'auraient-ils fait si le Vieux Tony n'avait plus été là pour me protéger ? J'ai préféré proposer à Patterson d'espionner pour lui.

— C'est très courageux de ta part, Maëve ! Tu as fait le choix de ce qui est juste. Nous sommes sur la ligne entre le bien et le mal. Aussi longtemps qu'on s'y tient debout en respectant les principes moraux de notre civilisation, on maintient un certain rapport de force avec les salopards comme Paul ou Tony. C'est fragile, mais c'est cette posture qui assure l'équilibre de notre société. Si on commence à assassiner de sang-froid nos ennemis, cet équilibre vacille et on ouvre la voie à l'anarchie ! Se tenir droit et respecter nos valeurs est le seul moyen de limiter leur pouvoir.

— J'étais pourtant prête à tuer l'homme avec qui il allait me forcer à coucher.

— Je te comprends, dit William qui s'était apaisé. Mais tu as choisi une autre voie.

— Tony a déposé une prime sur ma tête, ça risque de nous compliquer la tâche.

— Il cherchait à t'isoler de Patterson et te bannir de la capitale. Je pense qu'il va sûrement vouloir garder le contrôle sur toi. Je mise beaucoup là-dessus. Il devrait lever la prime prochainement.

Maëve trouvait le shérif optimiste !

— Ce qu'il ne doit pas savoir en revanche, c'est que tu es venue à Redtown directement et que nous avons comploté ensemble, continua William avec un sourire. Sinon Paul ne marchera jamais.

— J'ai décacheté moi-même votre lettre dans laquelle vous détaillez les étapes du plan. Je l'ai lue et Patterson l'a brûlée devant moi. C'est impossible que quiconque y ait eu accès !

CHAPITRE 26 : MAËVE, SHÉRIF

— Je l'espère ! Nous devons suivre le plan, c'est la seule solution. Paul doit tomber. Alex a une aura immense sur cette ville, il faut que ce soit lui. Sinon il n'y aura pas d'enquête et Paul sera remplacé par un autre pion de Tony. J'ai besoin que quelqu'un témoigne. Une seule personne qui commence à parler peut avoir un effet boule de neige.

William porta à sa bouche son verre vide. Il appela Tom et commanda un whisky avec glace. Tant pis pour l'heure, il se sentait secoué.

— J'espère ne pas vous décevoir, dit Maëve.
— Tu ne me décevras pas, quoi qu'il arrive.
— Tout dépend de la diligence.
— Une grande partie. On doit miser sur une part de chance, c'est vrai, admit William, mais Paul, comme tous ceux de son espèce, pèche par excès de confiance. Il mordra. Je pense qu'il a fait des erreurs qui font qu'Alex est prêt à faire ce qu'on attend de lui. Une partie du destin de Redtown est désormais entre tes mains Maëve.
— Je suis prête Shérif. Debout sur la ligne !

Elle se leva. William aperçut furtivement les formes de sa féminité.

— Luke ! s'exclama-t-il.

Il l'attrapa soudainement par le bras, la retenant avant qu'elle s'en aille :

— Fais tout ce que tu peux pour protéger Luke s'il te plaît ! dit-il solennellement. C'est un mec bien, il n'y est pour rien dans cette histoire.

Elle hocha la tête, impressionnée par la gravité du ton de William.

Il la regarda sortir. Il n'y avait plus de retour possible maintenant. Il venait d'abattre ce qu'il pensait être sa dernière carte.

Chapitre 27
Bobby

— Tu ne peux vraiment pas t'en empêcher, n'est-ce pas ?

L'homme en noir s'installa sur le tabouret laissé vacant par Maëve.

— Bonjour Bobby.

— Tu ne m'offres pas un verre ?

William leva la main :

— Tom ! Un whisky sans glace avec une pointe de limonade s'il te plaît.

Tom lui servit un baby limonade. William respirait lentement, son regard vague suivait le mouvement des glaçons qu'il faisait tourner dans son verre. Bobby le trouvait plus clame, plus détendu que dans sa conversation précédente. Ses épaules s'étaient relâchées. Il leva son verre en direction de William :

— Aux retrouvailles !

Il but une toute petite gorgée, qu'il fit rouler dans sa bouche, les yeux fermés. Depuis combien de temps n'avait-il pas pu savourer sa boisson favorite ? Depuis que l'homme à côté de lui l'avait trahi et envoyé au bagne.

— Ça fait plus de vingt ans, William, que tu m'as foutu au trou. A peine sorti, je te retrouve assis au bar en train de magouiller ! T'as pas changé d'un poil !

— Et toi Bobby, est-ce que tu as changé ?

William le regardait enfin, il scrutait les rides de son visage.

— Est-ce qu'on peut changer quand le temps est suspendu ?

William ne répondit pas. Bobby but une autre gorgée. Il s'était imaginé ces retrouvailles des centaines de fois, fantasmant des scénarios remplis d'émotions exacerbées et un duel épique. Il retrouvait un William contrôlant sa ville d'une main de fer, que lui, l'homme patient, qui avait surmonté toutes les épreuves, venait défier pour obtenir sa vengeance.

Dans aucune de ses projections, il ne retrouvait un William acculé, en train de comploter un plan désespéré pour essayer de vaincre un ennemi plus fort que lui. Il posa son verre et planta son regard dans celui de William :

— T'as conscience que cette fille, c'est exactement toi il y a vingt-deux ans ?

— Oui.

— Et qui doit-elle trahir ?

— C'est plus compliqué que ça. Je prendrais bien deux minutes pour t'expliquer mais ce n'est pas pour ça que tu es revenu j'imagine ?

Bobby sourit malgré lui.

— T'as toujours su que je reviendrais, n'est-ce pas ?

William hocha la tête.

— Je ne comprends toujours pas pourquoi je suis encore vivant. J'imaginais que ta vengeance serait plus... Expéditive !

La voix de William contint son émotion. Bobby l'observa attentivement. Serait-il possible qu'il ait occupé les pensées de William autant que William avait occupé les siennes ?

CHAPITRE 27 : BOBBY

— J'y ai pensé. Te descendre froidement en pleine rue. Comme ça ! Terminé !

Il illustra son propos d'un geste nonchalant.

— T'aurais rendu un fier service à Paul, commenta William.

— Mais si tu ne m'avais pas reconnu ? Si tu n'avais pas eu conscience de qui t'abattait et pourquoi ? continua Bobby. Ça n'aurait pas valu le coup d'attendre aussi longtemps, tu ne crois pas ?

— Qu'est-ce que tu veux Bobby ? demanda William

— Je suppose qu'on ne va pas sortir dans la grande rue faire un duel qui entrera dans la légende ?

William eut un petit rire qui éclaira son visage.

— Non, Bobby, ça je ne peux pas te l'offrir ! Désolé. Propose-moi autre chose.

Le ton de Bobby se durcit :

— Tout ce que je veux William, expliqua-t-il froidement, c'est que tu tiennes la promesse que tu as trahie il y a plus vingt ans : juste toi et moi, à la fin ! Qu'au lieu de m'utiliser comme ta bête de foire dans un procès truqué, tu agisses comme un homme ! Je veux que tu m'affrontes en duel et qu'on laisse les armes décider de notre destin, comme ça aurait dû se passer à l'époque !

William prit un instant pour considérer la demande de Bobby. Il réfléchit très vite et lui répondit :

— Ok.

Les sourcils de Bobby trahirent sa surprise.

— Mais je dois régler cette affaire avant, poursuivit William. Si j'échoue, je ne serai plus là pour t'offrir ce que tu désires, mais si je sauve la ville... Alors d'accord. J'aurai fait plus que ma part.

William tendit son verre vers Bobby pour trinquer à leur accord. Bobby refusa.

— Si tu échoues je me fais avoir ! Retrouvons-nous ce soir à la planque et réglons ça une bonne fois pour toutes !

— C'est à prendre ou à laisser Bobby ! Si tu veux bien m'écouter, je peux te proposer de m'aider à ne pas échouer. Si ça ne te convient pas, tu peux toujours me tirer dans le dos quand je sortirai du saloon. Je ne me retournerai pas.

Bobby fut choqué ! Il se sentit insulté par la proposition de William. Il répliqua vivement :

— Tu crois que j'ai attendu tout ce temps pour te tirer dans le dos ? Non Billy, tu vas assumer tes responsabilités, et m'affronter en face à face, comme un homme !

William haussa les épaules.

— Si tout se déroule selon mon plan, dans quelques semaines Redtown sera débarrassé d'Alex et de Paul, à ce moment-là je serais à ta disposition pour finir notre histoire comme tu l'entends.

Sur ces mots il se leva, enfila sa veste et posa son index sur le bord de son chapeau pour le saluer. Il tourna le dos à Bobby pour sortir.

— Attends ! s'exclama celui-ci. C'est bon, assieds-toi et explique-moi.

William se tourna vers lui :

— Je ne suis pas sûr que ça t'intéresse !

— Arrête de me prendre pour un lapin de six semaines William ! J'ai très bien compris ce que tu viens de faire alors cesse de m'insulter et raconte-moi.

William posa son chapeau sur le comptoir. Il lui raconta l'influence de Paul sur Redtown et son plan pour s'en débarrasser. Du moins, jusqu'à la lettre. Il avait surtout besoin de gagner du temps. Puis ils trinquèrent. William attrapa son chapeau et sortit sans se retourner.

CHAPITRE 27 : BOBBY

Bobby le regarda disparaître derrière le rideau sans bouger. William venait de le reléguer au second plan des ses préoccupations ! Il envisagea d'aller tout raconter à Paul, le trahir immédiatement ! Mais il ne le ferait pas. Ce Jack mettrait un terme à ses ambitions de vengeance personnelle en éliminant William. Sans compter que maintenant, il était curieux d'assister aux événements à venir. William l'avait anticipé. C'est pour ça qu'il lui avait tout raconté. Il n'avait pas besoin de lui faire confiance, il savait déjà comment il allait réagir. Il ne pouvait s'empêcher de lui reconnaître un certain panache. Il termina son verre cul-sec et le claqua sur le bar. Il se leva en faisant tourbillonner son long manteau noir.

— Hey ! l'interpella Tom, Faut me payer les consommations !

« L'enfoiré ! » pensa Bobby.

— Mettez ça sur le compte du Shérif !

Chapitre 28
William

Dans moins d'un mois se tiendrait l'élection municipale qui attisait toutes les passions. Redtown était devenu la ville la plus importante du canton, sa population avait presque triplé en cinq ans. Être élu maire de Redtown revenait à diriger la région. Le gouverneur avait envoyé un candidat qui le représentait, un parfait inconnu, démontrant ainsi le nouveau rang de la ville dans la hiérarchie de l'état. Il était en concurrence avec l'ancien maire, qui avait enchaîné trois mandats et l'homme qui tenait son meeting aujourd'hui. Sur la place de l'hôtel de ville, une foule importante était rassemblée devant l'estrade pour écouter Paul, le favori de l'élection.

Il avait fait son trou par une présence continuelle et acharnée, directement au contact de la population. Il avait pour lui un puissant charisme politique, une fortune évidente mais pas ostentatoire et le soutien de la population. Entre un candidat parachuté et opportuniste, représentant un système politique peu populaire et le maire actuel qui semblait dépassé par l'accélération de la modernisation de la ville, Paul, chef d'entreprise accessible et simple, passait pour un homme issu du peuple et partageant ses intérêts. Certains de ses soutiens étaient persuadés qu'il était un personnage historique de la ville, alors qu'il ne s'était installé que depuis trois courtes années.

Il tenait un discours passionné, appuyant l'insuffisance et l'incapacité du maire sortant, sans jamais lui manquer de respect. De la même façon, il dénonçait la recrudescence de la violence à Redtown, la passivité du shérif, tout en soutenant son travail et ses qualités en tant que personne. Le discours était habile et son auditoire captivé. Paul semblait être l'homme qui avait les épaules pour gouverner Redtown en pleine mutation tout en ramenant la paix et la sécurité dans sa région. Il honorerait facilement cette promesse, il n'aurait qu'à se débarrasser de ses pantins une fois élu.

La foule applaudit avec enthousiasme à la fin du discours de Paul, qui resta humble et afficha un air surpris de la ferveur qu'il suscitait.

William, s'appuya contre l'un des pylônes du kiosque à musique et se roula patiemment une cigarette. Son attitude décontractée jurait avec l'agitation qui régnait sur la place. Il suivait du regard Paul qui slalomait à travers la foule. Celui-ci répondait à tous ceux qui l'interpellaient. Il leur parlait comme s'il n'existait plus qu'eux sur terre, il leur touchait l'épaule d'un geste rassurant, avant de passer à la personne suivante.

William attendait qu'il finisse son tour de manège électoral. Il savait que ce salopard était en chemin pour venir lui parler. Il ne se priverait pas d'une aussi belle occasion de montrer en public sa « complicité » avec le célèbre shérif Ansfield !

En effet, avec une expression théâtrale, il sembla soudain remarquer sa présence. Le visage grave, il fit comprendre à son public qu'il avait une affaire de très importante à régler qui ne pouvait pas attendre. Les gens singèrent son expression et s'écartèrent respectueuse-

CHAPITRE 28 : WILLIAM

ment, faisant mine de comprendre, avec des airs supérieurs de soumission.

Paul s'avançait vers lui d'un pas déterminé et lui tendit une main ferme qu'Ansfield serra.

— Shérif, peut-on s'écarter un peu pour discuter s'il vous plaît ? demanda Paul d'une voix suffisamment forte pour être entendue, et suffisamment bien dosée pour rester polie.

— Bien sûr, répondit-il, par ici.

— Merci William.

Paul posa sur son épaule une main chaleureuse aux yeux du public et l'emmena vers la direction indiquée. William frissonna de dégoût. La main de Paul lui brûlait l'épaule, mais il ne pouvait rien faire. La foule qui les observait l'aimait autant qu'elle aimait Paul. Il ne pouvait pas se permettre de lui montrer un geste d'hostilité.

Dos au public, Paul affichait ce sourire effrayant que William lui connaissait, celui qui donnait l'impression qu'il savait exactement ce qui se passait dans votre tête et qu'il vous maîtrisait autant que la situation.

— Shérif, avez-vous avancé sur l'enquête concernant le saccage de mon cabinet de campagne ? demanda Paul.

— C'est une affaire difficile, je n'ai aucun témoin, répondit William. J'ai bien entendu interrogé vos opposants politiques, mis mon nez dans les affaires de leurs sympathisants, mais je n'ai rien trouvé de concluant. En fait, ils ont opposé à mon interrogatoire un argument assez difficile à contourner tant il est logique.

Paul l'interrogea du regard.

— Ils ne voient aucun intérêt stratégique à mettre de l'eau dans votre moulin en commanditant des actes de violence. Je vais vous dire, ça reste entre nous, ils pensent que vous avez vous-même saccagé vos locaux !

William jubila intérieurement en voyant s'affaisser légèrement le sourire de Paul.

— Vous ne pensez quand même pas que… commença Paul, l'air peut-être sincèrement indigné.

— Non, le rassura Ansfield, le ton apaisant. Je pense que vous êtes un homme politique fin et habile, qui profite de l'agitation de la ville pour conquérir son électorat. Mais je ne pense pas que vous ayez quoi que ce soit à voir avec l'agitation en question.

Paul retrouva l'éclat si particulier de son sourire. Ansfield le lui rendit.

— Mon cher William, vous êtes un homme franc et droit. Vous avez raison bien sûr, c'est le jeu politique ! Cependant, j'espère sincèrement que je parviendrai à pacifier la région... Avec vous à mes côtés, évidemment, acheva-t-il.

— Mon mandat se poursuit après l'élection, mon cher Paul, c'est à vous de faire en sorte d'être à mes côtés !

Paul éclata de rire. De son rire sincère, celui qui est froid.

— Essayer d'obtenir votre soutien officiel sera, je l'espère, mon seul échec dans cette campagne !

— Je me dois d'être neutre, répliqua tranquillement Ansfield. J'ai besoin que tous ceux qui ne voteront pas pour vous gardent foi et confiance en moi, c'est de cette manière que je pourrai vous être le plus utile dans votre objectif, en tant que représentant de l'autorité.

— Vous avez parfaitement raison, shérif, vous venez de me donner une leçon de politique ! J'ai hâte de pouvoir travailler avec vous !

Paul alternait en permanence entre les moments de fausseté calculée et de profonde sincérité. Parfois dans la même phrase ! C'est ce qui le rendait à la fois effrayant et illisible pour William ; charismatique pour son électorat.

CHAPITRE 28 : WILLIAM

« Il ne faut vraiment pas que ce type soit élu maire, pensa William, ou la ville est perdue. »

« Il faut que je me débarrasse de lui, pensa Paul, il va finir par me gêner. »

Tous deux se souriaient comme s'ils venaient de partager un moment de sincère complicité.

William regarda vers l'horizon et composa sur son visage une mine inquiète. Paul mordit poliment à l'hameçon et lui demanda :

— Qu'est-ce qui vous préoccupe shérif ?

— Le prochain convoi d'or qui doit nous parvenir de la capitale, répondit William sur le ton de la confidence.

— Ça m'intéresse ! Une partie de cet or m'appartient !

— Je sais, c'est pour ça que je me permets de vous en parler. Le shérif Patterson soupçonne qu'une bande de criminels organisée va s'en prendre au train qui transportera les fonds.

— Qu'est-ce qui lui fait penser ça ? demanda Paul l'air de rien.

— La bande qui pourrait attaquer le train se serait fait flouer par son revendeur d'armes. Patterson n'en sait pas beaucoup plus, mais il en a entendu suffisamment pour être convaincu que cette bande va vouloir s'en prendre au convoi, parce qu'une bonne partie de l'or appartient justement au revendeur qui les a floués. Vous comprenez ?

— Je comprends très bien, répondit Paul sans se départir de son flegme, un recouvrement de dette en quelque sorte. Mais en quoi cela vous concerne-t-il ?

William se rongea les lèvres, joua la tergiversation à la perfection, puis comme s'il venait de prendre une décision, lâcha :

— J'ai soumis l'idée à Patterson de faire diversion avec le train et de convoyer l'or jusqu'à la banque de Redtown en diligence. Il n'y aura pas d'or dans le train.

Paul leva haut les sourcils.

— Il n'a pas été très enthousiaste mais il avait peur pour ses hommes. Je lui ai fait comprendre qu'ils courraient moins de risques s'ils n'avaient rien à défendre.

Paul approuva :

— C'est une brillante idée shérif ! Mais vous avez peur pour l'or qui sera lâché sur la route, n'est-ce pas ?

— Oui, le maître mot étant discrétion, le convoi sera divisé en plusieurs voitures, toutes gardées cela va de soi, mais pas autant que l'aimerait Patterson.

William fit une pause.

— C'est mon supérieur vous savez ? Il a engagé ma responsabilité. Je ne dois pas perdre une seule diligence, si je ne veux pas perdre ma place.

— Il vous destituerait ? dit Paul sur le ton de l'indignation. Après tout ce que vous avez fait pour cette ville ?

— Sans hésiter, hélas ! Cet or appartient à des gens importants, il n'aura pas le choix ! Je ferais pareil à sa place.

— Je suis d'accord, je suis quelqu'un d'important ! dit Paul avec un petit rire qui parodiait l'humour. Ne soyez pas inquiet Shérif, je suis sûr que tout va bien se passer. Grâce à votre travail, les routes entre la capitale et Redtown sont sûres maintenant.

— Je vous remercie Paul, mais comme vous ne manquez pas de le souligner dans vos discours, ce n'est plus vrai dernièrement.

Un léger éclair traversa le regard de Paul :

— Alex ! s'exclama-t-il.

— Oui, soupira Ansfield, c'est extrêmement risqué. Je mise gros sur cette affaire.

Un instant de silence s'installa. William laissait Paul réfléchir derrière son air empathique.

CHAPITRE 28 : WILLIAM

— C'est pour ça que vous avez monté ce plan ! conclut Paul, pour pouvoir mettre vos effectifs sur la route dans l'espoir de capturer Alex !

William regarda Paul dans les yeux. Il lui fit comprendre sans un mot qu'il était démasqué, il prit la parole :

— Même divisée en cinq, la somme d'argent perdue resterait énorme. Le conseil me destituerait, assura William. Je prends le risque de laisser Redtown entre les mains d'un shérif qui n'aura pas autant à cœur que moi les intérêts de la ville. Mais le temps est venu de mettre un terme aux agissements d'Alex. Je n'ai pas le choix.

— Vous réussirez ! le rassura Paul. Et même si ça devait mal se passer, vous restez un grand homme William. La ville vous doit plus qu'à quiconque, et elle le sait !

Encore cette sincérité déroutante !

Paul lui mit encore une fois la main sur l'épaule, le salua et s'éloigna en silence. Laissant le shérif à ses réflexions.

William admira la plaine sous le soleil couchant, c'était tellement beau ! La lumière se reflétait sur la terre rouge, nimbant l'horizon d'une couleur de feu. L'appât était lancé. Paul était joueur, mais est-ce qu'il miserait Alex pour le faire tomber ? Il n'en avait aucune idée. Son adversaire était de loin le plus redoutable qu'il ait eu à affronter de toute sa vie.

Chapitre 29
William

William était assis le dos contre un rocher, le fusil posé en travers de ses genoux. Sous son chapeau, la sueur perlait sur son front et ses tempes. La chaleur l'écrasait. Rien sur son promontoire ne pouvait lui apporter la caresse d'une ombre rafraîchissante.
Il allait devoir faire avec, car l'emplacement était idéal. Si Paul avait envoyé Alex et Luke, comme il l'espérait, c'est ici qu'ils attaqueraient. Cette portion de la route qui longeait la forêt était étroite et sinueuse, les diligences devraient ralentir pour négocier les virages, une sortie de route pourrait les faire plonger dans la rivière en contrebas. Vraiment l'endroit parfait pour une embuscade. Pour eux et pour lui.
Il sortit son mouchoir et épongea son visage détrempé. Il colla un œil à la lunette de son spencer. Son arme était un bijou de technologie, chargement par la crosse, sept coups, précise sur deux cents mètres. Il balaya du regard toute la portion de route que son perchoir lui permettait de couvrir. Les scintillements de la rivière ne le gênaient qu'à l'œil nu. Heureusement, car il n'aurait pas le temps de recharger. Le premier coup, qui résonnera dans la montagne avec la puissance du tonnerre donnera le signal, et il devra faire mouche, malgré la distance.

« Luke, se répéta-t-il. Il est la clé. Pourvu que ça soit lui. »

Un nuage de poussière apparut au bout de la route. William épaula et colla son œil à la lunette. Il regarda surgir la première diligence. Elle était tirée par quatre chevaux. Le cocher commença à ralentir pour bien négocier les virages. Le marshal qui l'escortait ressemblait à un passager lambda, assis à côté de lui. William savait qu'il était armé et sur le qui-vive. Dans la voiture fermée, deux autres marshals étaient également prêts à suivre les ordres.

« Pourvu qu'ils les suivent, pensa William, un excès de zèle, ou une initiative malheureuse pourrait tout faire capoter. »

La voiture sortit de la portée du fusil de William, avant de disparaître dans un virage. Comme il s'y attendait, la première voiture n'était pas la cible. Ansfield comptait les minutes, la deuxième ne tarderait pas à suivre.

Il rechercha dans les bois un mouvement qui pourrait trahir la présence d'Alex ou de Luke. Il ne vit rien, comme lors du passage de la deuxième et de la troisième diligence. William commença à douter. Et si Paul n'avait pas mordu ? Ou s'il avait mordu mais qu'Alex avait décidé d'attaquer ailleurs ? Il pointa le passage à gué de la rivière. Il était hors de sa portée. La première zone couverte sur l'autre rive était à une centaine de mètres plus loin. Le terrain était entièrement dégagé. Ce gué aurait son utilité, pourvu qu'Alex ne le prenne pas par surprise en attaquant par là. Pour l'instant la zone était déserte.

Il commençait à paniquer. L'avenir de Redtown dépendait de la réussite de son plan ! William respira profondément. Il était un obstacle sur la route de Paul, il lui avait offert sur un plateau l'occasion de se débarrasser de lui. Alex devait être à l'affut quelque part à l'abri des ar-

CHAPITRE 29 : WILLIAM

bres. Il essuya à nouveau son front, son visage et ses mains. Il nettoya les verres de son viseur et s'installa dans une position de tir confortable. Il fallait qu'il reste concentré et qu'il croie en ses intuitions. Il restait deux passages, tout était encore possible.

La quatrième diligence apparut dans le champ de vision d'Ansfield. Elle passa à hauteur du gué sans encombre et pénétra dans sa zone de tir. William fit le vide dans son esprit. Il n'entendait plus rien, si ce n'est le son de sa respiration. Il ne ressentait plus rien sinon le poids de son arme. Il était prêt.

« Allez » pensa-t-il.

La diligence avançait lentement.

« Allez ! »

Quand soudain, le marshal assis sur le siège passager s'effondra, assommé par une pierre habilement lancée. Luke surgit de la forêt sur son cheval et bloqua le passage, en menaçant le cocher de son arme. Instinctivement, celui-ci tira sur les rênes pour s'arrêter.

« Enfin »

William retint sa respiration. Il n'existait plus rien d'autre que le canon de son fusil et la trajectoire que la balle devra prendre pour atteindre sa cible. Son doigt pressa la gâchette. Il sut immédiatement qu'il avait visé juste.

Chapitre 30
Luke

Luke surveillait la route déserte entre les arbres, prêt à faire ce qu'on lui avait demandé. Il admirait le froid détachement d'Alex. Il agissait sans se poser de questions, déterminé, alors que lui-même tremblait de tous ses membres. Alex lui fit un signe de tête pour le rassurer. Ses yeux noirs semblaient lui dire : « Je suis avec toi, ça va aller ! »

Luke essaya de lui sourire. Un bruit sur la route annonça l'arrivée de la troisième diligence. Il la regarda passer à quelques mètres de lui, puis elle disparut dans un virage. C'était la prochaine. Une boule de stress lui comprima l'estomac.

Il ne paniquait plus comme au début, pourtant il ne s'habituait pas aux actes qu'il commettait. Il ne se reconnaissait pas. C'était comme si quelqu'un d'autre contrôlait son corps.

« Je n'ai pas le choix, pensait-il, ce n'est pas de ma faute ! »

Tout son présent s'était joué sur une seconde. Le temps d'une inspiration héroïque et irréfléchie, comme celle qui l'avait fait s'opposer à John, au péril de sa vie. Si cette arme n'avait pas glissé jusqu'à lui ? Si sa main n'avait pas tremblé et que la balle avait traversé Alex plutôt que

Wicket, où serait-il aujourd'hui ?

Il avait essayé de tuer Alex pour retrouver sa vie, et celui-ci était devenu tout son monde. Sans lui, il serait probablement retourné au bagne pour de longues années. Sans lui, il n'aurait pas survécu à ces derniers mois.

Alex avait ramassé une pierre et la tenait fermement dans sa main qui ne tremblait pas. Il était concentré sur la route, tous les sens en alerte. Le cheval de Luke s'agita.

Il se pencha sur son encolure et le caressa doucement :
— Tout doux, Albert lui murmura-t-il.

Albert se secoua la tête et les oreilles, il donnait des légers coups de sabots dans la terre avec ses pattes avant. Luke continua de lui murmurer à l'oreille pour l'apaiser et s'apaiser lui-même. Il comprenait que Paul lui avait offert Albert pour l'acheter. En l'acceptant, il avait lié son destin à celui d'Alex, s'obligeant à commettre tous ces actes qui le dégoûtaient de lui-même. Pourtant, il s'était tout de suite attaché à l'animal. C'était son complice, un être doux et innocent, qui ne ressemblait en rien à celui qui le lui avait donné.

Alex lui avait raconté toute sa vie, ses actes passés de violence, sa solitude, sa vision de la liberté et l'équilibre serein qu'il avait trouvé en restant à Redtown. Il ne parvenait pas à le voir comme un bandit en dépit de ses actes et de son mode de vie. Il le voyait comme un homme bon qui s'était fait la place qu'il pouvait sans se trahir.

En revanche, Paul lui faisait peur sous ses airs respectables, toujours souriant dans ses costumes de luxe. Il avait volé la liberté d'Alex pour servir ses ambitions de puissance. Ils étaient des pions entre ses mains. Paul maintenait son emprise sur eux en prenant soin de son père. Il avait envoyé une dame, Lydie, s'occuper de lui et de la maison. Elle lui préparait tous les jours de bons

CHAPITRE 30 : LUKE

petits plats et comblait sa solitude. Quand Luke se cachait pour les observer, il le voyait parfois sourire.

Il se sentait impuissant. Il ne pouvait pas expliquer à son père qu'il bénéficiait de cette attention pour obliger son fils à obéir comme un chien à l'homme qui menaçait de le tuer. Alors, il obéissait. Il n'abandonnerait pas son père et Alex ne l'abandonnerait pas. Ils étaient coincés. Alex lui répétait d'être patient, que leur heure viendrait :

« Il faut y croire Luke, disait-il, le destin nous enverra un signe, on va s'en sortir ! »

Pour l'instant, ils étaient assujettis et sans solution.

Albert leva la tête, les oreilles dressées. Luke se concentra et entendit le bruit des sabots sur la route et des roues dans la poussière. Il sortit son arme. Son cœur battait à tout rompre dans sa poitrine. La diligence approchait. Il la voyait nettement entre les arbres maintenant. Le cocher tirait sur les rênes pour ralentir avant le virage quand la pierre lancée par Alex assomma son passager.

Luke donna un léger coup de talon et murmura à l'oreille de son cheval :

— C'est maintenant mon vieux !

Répondant aussitôt à son maître, Albert surgit sur la route.

Instinctivement, le cocher freina. Les chevaux se cabrèrent et s'arrêtèrent net. Luke avait fait la plus grosse partie de son travail. Le cocher avait déjà les mains en l'air, le reste appartenait à Alex. Il sentait déjà sa tension se relâcher quand la tête d'Albert éclata sous ses yeux dans une immense gerbe de sang.

Chapitre 31
Alex

Le bruit de la détonation fit sursauter Alex. Il rentra la tête dans ses épaules et mit quelques secondes à comprendre qu'il n'avait pas été touché. Immédiatement, il chercha Luke des yeux.

Il le vit étendu sous son cheval, dans une mare de sang.

— Luke ! hurla-t-il

Alex voulu s'élancer vers lui quand une autre détonation retentit. Un impact de balle fit voler la poussière entre les pattes avant de son cheval qui se cabra. Il faillit être désarçonné par le mouvement brusque. Il avait pivoté et ne voyait plus Luke caché par la diligence.

— Alex, je suis coincé !

« Il est vivant », pensa Alex.

Le soulagement lui provoqua une montée d'adrénaline. Il se rétablit et voulut se précipiter au secours de son protégé. Une autre détonation et une autre explosion de poussière le stoppa. Son cheval était complètement paniqué, il n'arrivait plus à le contrôler. Luke l'appelait toujours, la voix rendue de plus en plus aiguë par la peur.

Un quatrième tir érafla le toit de la diligence juste devant lui. Les portes de la voiture s'ouvrirent des deux côtés en même temps. Un homme armé surgit devant

Alex. Il se tenait entre lui et Luke. Sans se poser de question, Alex lui tira dessus. L'homme avait bien anticipé et s'était précipité au sol derrière la portière. Il répliquait en tirant à l'aveuglette, faisant barrage au passage d'Alex.

Au même moment, le deuxième homme arrivait derrière lui, le prenant en tenaille. Alex tourna bride et donna un grand coup de talon dans le flanc de son cheval en hurlant :

— Yah !

Le cheval, au bord de l'emballement, ne se fit pas prier pour se lancer au galop. Le deuxième homme ne fut pas assez rapide et se fit heurter en essayant de l'esquiver. Après une course d'une centaine de mètres, Alex parvient à maîtriser sa monture et à rétablir son assiette. Il fit demi-tour. Il restait un homme armé et un tireur embusqué. Ses chances étaient maigres, mais il ne laisserait pas Luke.

« Je suis tout ce qui lui reste, il est tout ce qu'il me reste. »

Il entendit Luke hurler à l'aide. Un frisson le parcourut, il donna un autre coup d'éperon cherchant à gagner de la vitesse. Le premier tireur s'était caché sous la diligence pour éviter son cheval au galop. Il tira mais manqua son coup. Alex parvint à la hauteur de Luke sans dommage. Il fit cabrer son cheval.

— Luke ! cria-t-il en plongeant à côté de lui.

Il espérait que le cadavre d'Albert lui servirait de couverture.

— Je suis coincé, je n'arrive pas à retirer ma jambe !

Luke pleurait, les larmes dessinaient des sillons dans la poussière collée à ses joues.

— Est-ce que tu es touché ?

— Non, j'ai mal à la jambe ! J'ai peur !

CHAPITRE 31 : ALEX

Alex regarda Luke droit les yeux. Un regard dans lequel il mit toute la confiance et la détermination qu'il put :
— Je vais te sortir de là, d'accord ? Aide-moi !

Toujours en rampant, Alex passa ses mains entre le corps du cheval et la jambe coincée. Luke fut obligé de s'asseoir pour aider Alex à soulever le cadavre. Inévitablement, Alex se redressa en position accroupie. Ils étaient tous les deux des cibles faciles. Alex ferma les yeux, conscient qu'il ne les rouvrirait peut-être plus jamais.

Dans ce temps suspendu entre la vie et la mort, il entendit des cris et des coups de feu. Des chevaux au galop s'approchaient d'eux par la route et par la forêt. C'est peut-être ce qui détourna l'attention du tireur car Luke parvint à sortir sa jambe entièrement et tous deux s'affalèrent contre le cadavre d'Albert, essoufflés mais toujours en vie.

L'homme caché sous la diligence se relevait péniblement. De nouveaux coups de feu éclatèrent autour d'eux. Un cavalier solitaire surgit de la forêt. Il visait l'homme qui trouva de nouveau refuge derrière la porte de la voiture. Des copeaux volaient à chaque impact de balle. Alex entendit le cliquetis caractéristique d'un chargeur vide.

L'homme amenait à ses trousses toute une cavalerie de marshals pourtant il mit pied à terre, attrapa Luke et l'aida à se relever. Une nouvelle détonation raisonna. L'écorce de l'arbre derrière la tête d'Alex éclata. L'étranger aida Luke à monter sur son cheval.
— Vite, hurla-t-il, suis moi !

Dans la fureur du bruit et de la poussière, Alex zigzagua jusqu'à sa monture, l'enfourcha et parti au galop à la suite de l'étranger. Il heurta la portière de la voiture qui sauta de ses gongs et vola derrière lui.

La route étroite les sauva sûrement. Leurs poursuivants eurent des difficultés à franchir l'obstacle de la diligence. Il se retourna et vit qu'il avait pris une avance confortable. Le tireur embusqué tira encore deux fois, mais personne ne fut touché. Il suivit son guide, auquel s'agrippait Luke avec l'énergie du désespoir. Ils franchirent la rivière à gué. Il ne savait même pas qu'il y a en avait un à cet endroit ! Encore deux cents mètres, et ils seraient à l'abri des arbres.

Il se retourna. Leurs poursuivants étaient dans l'eau, il avait du mal à les distinguer tant les reflets du soleil sur les gerbes d'écume qu'ils soulevaient l'éblouissaient. L'étranger et Luke pénétraient déjà dans la forêt. Ils étaient sauvés.

Chapitre 32
Luke

Luke se décrispa quand il perçut le changement de luminosité à travers ses paupières closes. Il reprit conscience de son environnement et de lui-même. Il n'y avait plus de cris et plus de coups de feu. Ils étaient entrés dans une forêt dense de conifères. L'étranger auquel il s'accrochait quitta le sentier et s'enfonça à travers un épais tapis de fougères. Le cheval peinait à avancer dans la végétation qui lui battait les flancs. Les mouvements saccadés de l'animal réveillèrent la douleur de sa jambe. Luke s'agrippa à nouveau fermement à la taille de l'étranger.

Sa lucidité retrouvée, il nota que l'homme avait une taille bien fine. Il l'observa plus attentivement. Il vit dépasser des cheveux noirs du chapeau. En fait, le chapeau maintenait une longue chevelure remontée en chignon. Ses yeux se posèrent sur sa nuque. La peau était lisse et bronzée, de petits cheveux y bouclaient en désordre. Une perle de sueur dégoulinait le long de son cou qu'il trouva fin et délicat.

Luke rougit en comprenant qu'il tenait une femme dans ses bras. Il relâcha son étreinte le plus possible. Il se sentait stupide d'en être ému à ce point. Albert venait de se faire tuer, il avait échappé à la mort par miracle, des hommes les pourchassaient encore, et lui, ne sentait plus que les points de contact entre son corps et celui de cette femme ! Avant que son trouble ne le dépasse, l'étrangère stoppa son cheval et en descendit d'un mouvement fluide.

— T'as besoin d'aide ?

Elle lui tendait la main. Il vit nettement son visage pour la première fois. C'était bien une femme. Une jeune femme ! Elle avait à peu près son âge. Des yeux bleu foncé en amande, son nez était petit et légèrement retroussé, sa bouche fine et bien dessinée, ses lèvres s'ouvrirent :

— On n'a pas toute la journée !

Elle l'attrapa par le bras et aida Luke à descendre, tapa sur la croupe de son cheval pour le faire déguerpir, puis l'obligea à s'accroupir dans les fougères. Alex avait suivi le mouvement. Luke ne le voyait pas, mais il savait qu'il était là, tout près d'eux.

Il était temps ! Leurs poursuivants venaient de pénétrer dans la forêt. Le premier homme leva le bras, le poing fermé et ralentit fortement son allure.

— Ils sont là-bas ! cria un autre.

— Leurs chevaux sont là-bas, rétorqua le premier homme qui semblait être le chef. Eux, ils peuvent être n'importe où !

Il balaya du regard les buissons à la recherche d'un mouvement suspect.

— Repli ! ordonna-t-il.

— Mais chef ! s'exclama un troisième homme, ils sont faits comme des rats ! Ils ne peuvent pas nous échapper !

Luke eut un frisson. Il était du même avis que lui. Il ne voyait pas comment ils pourraient s'en sortir.

— Passe-moi ton flingue !

— Quoi ?

CHAPITRE 32 : LUKE

— Passe-moi ton flingue, lui murmura de nouveau la fille, vite !

Luke le lui tendit. Elle vérifia qu'il était chargé d'un geste sûr et habitué.

— J'ai dit repli ! grogna le chef, je ne m'attends pas à ce qu'on me désobéisse ! Il amorçait un demi-tour quand un de ses hommes essaya de le raisonner. Il y avait de la colère et de la frustration dans sa voix :

— Mais chef ! C'est Alex ! On n'a jamais été aussi près de lui mettre la main dessus !

Une approbation générale s'éleva du groupe.

— J'ai dit : repli ! Les ordres, c'est de protéger l'or coûte que coûte ! On doit retourner au convoi pour finir le boulot !

Le groupe était au bord de l'insurrection. Personne ne faisait le moindre geste pour obéir. Les regards tendus scrutaient les buissons. Des pistolets sortirent des étuis. La fille tendit le bras et visa. Le coup de feu fit sursauter Luke alors qu'il savait qu'elle allait tirer.

La balle s'écrasa dans un tronc, tout près de la tête de celui qui s'était opposé à son chef.

Alex accepta le plan car il commença à les arroser immédiatement après. Sa première balle se logea dans l'épaule d'un autre homme qui poussa un cri de douleur.

— Vous avez pigé maintenant bande d'abrutis ! hurla le chef. Repli ! Repli !

Il lança son cheval au galop et sortit de la forêt. Un mouvement de panique agita le groupe. Alex se leva et vida son chargeur. Il lui restait trois balles. Une se perdit dans les arbres, une autre pénétra dans la croupe d'un cheval et la dernière transperça le rein gauche du dernier homme, juste avant qu'il ne parvienne à sortir de la lisière des arbres.

Alex sortit des balles de sa ceinture et rechargea rapidement. Il claqua le barillet d'un geste brusque. Quand il fut sûr que personne ne reviendrait répliquer, il traversa les fougères comme un ouragan. Luke lut dans ses yeux une fureur qu'il n'avait jamais vue auparavant. Il se plaça entre lui et la fille, le bousculant au passage. Il posa le canon de son arme sur le front de l'étrangère.

— Qui es-tu ? demanda-t-il d'une voix sourde.

La fille le défia du regard. Elle ne tremblait pas.

— Je m'appelle Maëve, répondit-elle, et le mot que tu cherches c'est : merci !

Chapitre 33
Alex

— S'il te plaît Alex, supplia Luke en posant doucement la main sur son avant-bras.

Alex avait failli le perdre. Pendant deux longues minutes, il n'avait pas réussi à le protéger. Il s'était vu mourir, abandonnant Luke à son sort. Le choc et l'amertume le rendaient furieux contre cette étrangère qui les avait si efficacement secourus. Il détestait qu'elle l'ait remplacé dans la mission qu'il s'était confiée. Il lui devait plus que de s'en être sorti. Il lui devait d'avoir sauvé Luke, or il détestait devoir quoi que ce soit à quelqu'un. Paul lui suffisait.

— Soit tu me laisses morte dans cette forêt, soit on se tire ! dit Maëve. Mais il va falloir prendre rapidement une décision ! Avec ce que tu leur as mis, ils risquent de revenir légèrement plus nombreux et plus énervés.

Les doigts de Luke se crispèrent sur son bras. Il rengaina rapidement. Elle avait raison. Sous le coup de la colère il avait oublié ses résolutions et tiré pour tuer. Il en avait blessé deux, plus une pauvre bête qui n'avait rien demandé.

— En route ! dit-il d'un ton bourru. Il siffla son cheval qui accourut aussitôt.

Maëve en fit de même. Alex monta en selle et tendit

la main. Luke resta planté sans bouger, son regard passant de Maëve à Alex.
— Elle ne vient pas avec nous ? lui demanda Luke.
— Pourquoi faire ?
— Elle nous a sauvés ! répondit-il sur le ton de l'évidence.
Alex s'adressa à Maëve :
— Merci beaucoup, dit-il froidement.
— Alex ! On lui doit la vie, répéta-t-il comme s'il n'avait pas bien compris la première fois.
— On s'en serait très bien sorti si elle n'avait pas ramené toute une cavalerie à ses trousses ! Tu parles d'un coup de main !
Alex se savait pertinemment de mauvaise foi. Il repensa au sniper, ils ne s'en seraient jamais sortis.
Maëve ne disait rien. Pour elle, tout se jouait maintenant. Luke s'approcha d'Alex et lui dit à voix basse, avec toute la conviction dont il était capable :
— C'est peut-être le signe !
L'expression d'Alex aurait été la même si Luke l'avait giflé. Quand Luke souffrait suite à un braquage, quand il déprimait sur son sort, Alex le réconfortait en lui disant d'être patient, que l'occasion de se débarrasser de Paul viendrait un jour, qu'il fallait attendre un signe du destin. Lui-même ne croyait pas au destin. Il attendait l'opportunité de vaincre Paul ou mourrait en essayant. Il avait sa vie en main et assumait les conséquences de ses choix. Mais pour Luke, c'était différent. Il n'était pas motivé par son orgueil, il ne défendait pas son territoire. Il était juste paumé. Sa vie peinarde avait basculé du jour au lendemain. Il était persuadé qu'il n'en avait plus le contrôle. Les gens perdus ont besoin d'avoir la foi en une force supérieure pour ne pas perdre espoir, c'est pourquoi il s'en

CHAPITRE 33 : ALEX

servait pour entretenir le moral de Luke. Alex ne savait pas quoi lui répondre. Évidemment que Luke voyait en son sauveur, surgi de nulle part, un signe du destin.

Luke n'attendit pas Alex. Il se tourna vers Maëve pour qu'elle l'invite à monter derrière elle. Elle accepta sa main tendue.

— Soit je pars avec elle, soit tu acceptes que je vienne avec toi, donc elle vient avec nous, dit Luke sur un ton de défi, la voix légèrement tremblante.

Alex soupira :

— En route, il ne vaut mieux pas trop traîner !

Il lança son cheval au galop. Maëve le suivait, Luke accroché à sa taille. Il avait misé sur le fait qu'Alex ne l'abandonnerait pas. Il avait suivi son intuition et pris son destin en main. Alex pouvait bien accepter de l'inviter ! Au moins pour ce soir, après tout, il avait une dette envers elle.

Chapitre 34
Luke

Luke fit tout le trajet en essayant d'avoir le moins de contacts possible avec le corps de Maëve. Ce qui faillit le faire tomber plusieurs fois. Maëve finit par lui prendre les mains et lui poser sur son ventre pour l'immobiliser. Luke dut se résigner à poser sa joue sur son omoplate pour maintenir l'équilibre.

Quand les chevaux s'arrêtèrent devant la grotte familière, Luke glissa aussitôt du cheval et se précipita à sa place autour du foyer éteint. Il observa du coin de l'œil Maëve descendre de selle avec souplesse, retirer son chapeau et souffler pour dégager les mèches de cheveux qui la gênaient devant les yeux. Elle se tourna vers lui et lui sourit. Luke détourna précipitamment la tête, le visage en feu. Il essuya la sueur de son front avec sa manche et y plaça la main pour se faire de l'ombre, piètre tentative de diversion sur la nature de la rougeur de son visage.

Il fixa avec une attention forcée Alex desseller son cheval, lui passer une corde autour du cou et disparaître dans le sentier qui descendait en pente douce entre les arbres. Il allait le faire boire au ruisseau. Probablement sous le choc de tout ce qui venait de se passer, il avait besoin de solitude, le temps de réfléchir et de se calmer.

Luke se retrouva seul en compagnie de Maëve. Il

n'avait pas vraiment d'autre choix que de reporter son attention sur elle. Elle contemplait le magnifique panorama qui s'étendait sous ses yeux. La montagne en face déployait sa verdure. De cette altitude, la vallée ressemblait à une étroite bande de lumière scintillante. Les reflets du soleil coloraient le lac de milliers d'étoiles dorées. D'ici, il était facile d'oublier que la plus grande ville de la région se trouvait à quelques encablures de cette vallée.

— Attends de voir ça au coucher du soleil, dit-il.

Les mots lui avaient échappé, emportés par leur sincérité.

— J'imagine ! répondit-elle.

Elle pointa du doigt l'entrée de la grotte :

— Je peux ?

Luke hocha la tête en signe d'assentiment. Elle disparut à l'intérieur. Luke regarda l'entrée de l'étroit sentier par lequel était parti Alex et se demanda quelle serait sa réaction s'il revenait maintenant et trouvait Maëve en train de fouiner. Cependant, elle ressorti assez vite et vint s'asseoir à la place d'Alex, les jambes croisées sous elle sans toucher le sol.

— Je n'imaginais pas que vous puissiez avoir un pareil confort ! remarqua-t-elle.

Luke était gêné. C'est Paul qui leur imposait toutes ces faveurs. Il préféra ne pas aborder le sujet.

— C'est Alex, qui trouve en ville tout ce dont on a besoin, répondit-il finalement.

Maëve haussa les sourcils.

— Il achète toutes ces choses ? demanda-elle espiègle.

— Pas vraiment, répondit Luke encore plus gêné.

Maëve éclata de rire. Luke pensait que c'était parce qu'il avait encore rougi. Depuis quand rougissait-il sans arrêt comme ça ?

CHAPITRE 34 : LUKE

— Vous êtes tellement proche de la ville ! Comment les marshals du coin ne vous ont-ils pas encore mis la main dessus ? Ça paraît incroyable !

Luke ne s'était jamais posé la question. Mais maintenant qu'elle avait été formulée à voix haute, il lui parut bizarre, en effet, qu'aucun marshal ne les ait débusqués, alors que Paul avait trouvé Alex si facilement.

— Parce que quelqu'un a tout intérêt à ce qu'on ne nous trouve pas, et qu'un autre n'a jamais vraiment fait l'effort de chercher.

C'était Alex qui avait répondu en surgissant à l'improviste d'entre les arbres. Il accrocha son cheval en lui murmurant quelques mots à l'oreille, puis s'approcha de Maëve et lui dit :

— Dégage de là, c'est ma place.

Maëve bougea aussitôt. Elle s'installa entre eux, dans la même position. Alex inspira une grande bouffée d'air et lâcha avec effort :

— Merci, pour nous avoir sortis de là tout à l'heure et pour avoir sauvé Luke.

Luke se sentit stupide. Il avait oublié qu'à peine deux heures auparavant, il avait failli mourir, que Maëve lui avait sauvé la vie. Il avait tout oublié sauf Maëve ! Il ne lui avait même pas dit un simple merci.

— Oui, merci, dit-il maladroitement.

— De rien, répondit-elle, j'ai agi instinctivement. Merci à vous de m'avoir permis de venir avec vous.

Alex lança à Luke un regard noir mais résigné.

— Qu'est-ce que tu foutais là ?

— La même chose que vous ! J'essayais de voler l'or ! J'avais tendu une embuscade à la sortie du sentier à environ un kilomètre de là où je suis tombée sur vous, mais ça ne s'est pas vraiment passé comme prévu, expliqua-t-elle. J'ai désarçonné les deux premiers gars. C'est celui de la diligence qui m'a mis un sale coup ! J'ai réussi à lui renvoyer la portière dans la figure, ce qui m'a laissé le temps de remonter en selle et de m'enfuir. Seulement, les deux autres ont été vifs et se sont lancés à mes trousses. Quand, je suis arrivée à votre niveau, je vous ai vu coincé sous ce cheval... La suite on la partage ensemble.

Pendant que Luke revivait les événements à travers le récit de Maëve, Alex semblait vraiment suspicieux :

— Comment tu savais pour l'or ? Je sais de source sûre que le transfert en diligence était une diversion, un secret bien gardé par ceux qui l'ont organisée.

Maëve regardait Alex avec des yeux de feu.

— Parce que, dit-elle en détachant bien chaque syllabe, pour couvrir le tremblement de sa voix. Une partie de cet or appartient à l'homme auquel j'essaye d'échapper !

— Qui ? Demanda Alex.

— Un homme qui se fait appeler le Vieux Tony. C'est un parrain du crime à la capitale. Il a assassiné mes parents quand j'étais petite fille. Il a décidé de m'épargner et m'a recueillie pour une raison inconnue jusqu'à il y a peu. Quand j'ai compris ce qu'il attendait de moi, je l'ai trahi sans hésiter...

Elle fut interrompue par le bruit de pas de trois chevaux gravissant le sentier, sans précipitation, au rythme d'une balade reposante.

La respiration d'Alex se bloqua. Il redressa les épaules, ses yeux plus noirs que jamais. Luke pâlit légèrement, sa respiration s'accéléra. Maëve tourna la tête de l'un à l'autre, prise par un sentiment d'angoisse qu'elle ne savait pas expliquer.

Deux hommes apparurent. Tous deux portaient des costumes élégants qui ne se prêtaient pas à l'équitation. Le

CHAPITRE 34 : LUKE

plus grand des deux, une armoire à glace, tenait par la bride un cheval scellé sans cavalier. L'autre, plus petit mais non moins impressionnant souriait d'un air redoutable.

— Maëve ! s'exclama-t-il, Quel plaisir de te voir ici ! Comme la vie peut être pleine de surprises parfois, vous ne trouvez pas ?

Chapitre 35
Maëve

Les deux hommes prirent le temps de s'installer confortablement autour du foyer, indifférents au malaise qu'ils venaient de créer. Paul ne cessait de sourire comme si rien ne lui faisait plus plaisir que de revoir Maëve. Celle-ci eut froid dans le dos ! Paul sortit de sa poche une feuille pliée qu'il tendit à Maëve. Il lui priait d'un geste poli de bien vouloir la prendre. Elle regarda Luke, qui regardait Alex, qui regardait fixement devant lui. Elle finit par se lever pour prendre le papier, et reprit sa place exactement comme elle l'avait quittée.

— Voudrais-tu, s'il te plaît, nous faire partager à haute voix ce qui est écrit sur cette lettre ? demanda Paul.
Maëve déplia lentement le papier et commença à lire :
— *Paul,*
Tu te souviens j'espère de la gamine que j'ai recueillie il y a plus de quinze ans, Maëve. Ça fait longtemps que tu l'as vue et crois-moi, elle a bien changé depuis, à tel point qu'elle a décidé de me trahir. Elle me doit tout, particulièrement d'être encore en vie, et pourtant, au lieu de me montrer la gratitude que je mérite, elle a préféré me balancer aux shérifs. Je lui ai offert la rédemption et personne n'est parvenu à lui mettre la main dessus depuis. J'ai donc mis une prime sur sa tête pour que Pat-

terson ne puisse plus la protéger. Mon agent infiltré m'a rapporté que celui-ci, prompt à juger nos méthodes, n'est pas plus doux quand ses espions sont démasqués. Il l'a aussitôt laissé tomber ! Maëve sans doute prise de panique s'est mis en tête de s'en prendre aux diligences qui transfèrent mon or vers Redtown. L'ironie de la situation à dû la séduire : me voler lui permettrait d'avoir les moyens de s'offrir une liberté et d'échapper à mes chasseurs.

A l'heure où tu lis cette lettre, elle doit, soit être enfermée, soit errer dans la nature.

Je sais que tu es occupé à gagner cette élection, et que tu le fais bien d'ailleurs, félicitations ! Mais il serait opportun de lui mettre la main dessus, particulièrement si elle est derrière les barreaux. Il serait préférable qu'elle n'échappe pas à notre contrôle. J'ai levé la prime sur sa tête pour te faciliter la tâche.

Quand tu l'auras retrouvée, fais ce que tu veux d'elle, elle n'existe plus pour moi, je l'ai déjà pleurée comme il se doit.

Tony

Maëve acheva sa lecture. Son visage était pâle comme la mort et ses mains tremblaient. Elle avala sa salive avec difficulté et n'osait regarder personne. Elle était impressionnée par la façon dont William avait prédit les prochains mouvements de Tony. Elle comprenait maintenant pleinement la stratégie des diligences. Il ne suffisait pas de s'infiltrer auprès d'Alex, il fallait aussi la légitimer aux yeux de Paul. Avec cette lettre, la manipulation de William était insoupçonnable.

Paul souriait largement et accentuait sa bonne humeur en ouvrant les bras comme s'il voulait y accueillir tout le

CHAPITRE 35 : MAËVE

monde.

— Que vais-je faire de toi ? Telle est la question, n'est-ce pas ?

Il posa son regard sur chacun d'entre eux, lentement, prolongeant le supplice de Maëve. La manipulation avait beau être parfaite, elle était toujours à la merci de Paul. La diligence n'était pas la seule part de hasard du plan ! William avait forcement prédit que Paul l'épargnerait. Elle priait pour qu'il ne se soit pas trompé.

— Je pourrais demander à Jack de te coller une balle dans la tête, ce serait fait avant que personne n'ait eu le temps de bouger. Ou alors...

Il sortit sa propre arme, un revolver brillant et enluminé :

— Le faire moi-même.

Il visa sa tête et mima nonchalamment le geste de tirer en l'accompagnant d'un petit bruit de bouche censé imiter la détonation.

Le groupe était au bord de la crise de nerfs. Luke suait à grosses gouttes. Alex avait la main posée sur la crosse de son revolver. Maëve était sidérée. Elle comprenait pourquoi Tony lui faisait une telle confiance, pourquoi Alex, malgré son caractère, n'avait encore rien tenté contre lui. Et pourquoi William tenait absolument à l'éliminer.

— Néanmoins, reprit Paul après avoir laissé un temps de silence, je me rends bien compte que quelque chose s'est passé entre toi et mes partenaires.

Paul jouait avec son revolver, il semblait réfléchir.

— Je suppose qu'il faut laisser le destin jouer ses cartes ! La vie est un pari ! Puisqu'on évoque le sujet, ne te bile pas pour l'or, Alex. C'était risqué, et on ne s'en sort pas si mal finalement. Une autre occasion se présentera.

Il se leva et rengaina son arme. Il s'accroupit pour se mettre à la hauteur de Luke.

— Je suis heureux que tu n'aies rien, dit-il d'un ton bienveillant, et je suis désolé pour ton cheval. J'espère que tu t'attacheras à celui-là autant qu'au précédent. Il montra celui sans cavalier qui les accompagnait. Il se leva et ébouriffa les cheveux de Luke d'un geste paternel. Paul remonta ensuite en selle, et partit, Jack sur les talons.

— Maëve, éloigne-toi de mes partenaires et tu es morte, dit-il sans se retourner.

Chapitre 36
Maëve, luke, Alex

La lettre pendait mollement dans la main de Maëve. Elle semblait vidée de ses forces. Elle aurait pu mourir à cet instant et William le savait. Elle réalisait un peu trop tard l'étendue du danger qu'elle courait dans cette mission. Elle fixait le monde devant elle sans le voir, des larmes coulaient de ses beaux yeux bleus sans qu'elle ne cherche à les essuyer.

Luke aurait voulu la réconforter. Son instinct le poussait à s'asseoir à côté d'elle et à la prendre dans ses bras. Sa timidité l'en empêcha, il fit plutôt connaissance avec son nouveau cheval. Il posa son front sur son cou en lui agrippant la crinière et pleura. Malgré tout ce qu'il avait vécu aujourd'hui, toutes les émotions contradictoires qu'il avait ressenties en même temps, à cet instant, il pleurait simplement son ancien cheval, qu'il n'avait pas demandé, mais auquel il s'était profondément attaché.

Alex s'était aperçu du trouble que Maëve provoquait chez Luke. Comment ne serait-il pas troublé ? Elle était tellement belle ! Même Alex qui ne s'arrêtait jamais à ce genre de détail, s'y était arrêté. Il était satisfait que Luke ne soit pas allé vers elle pour la consoler. Pourtant Maëve semblait fragile et désespérée. Si elle avait vraiment cherché à fuir le vieux Tony et qu'elle se retrouvait désormais entre les mains de Paul, Alex pouvait la comprendre. Mais pour ce qu'il en savait, Maëve pouvait aussi bien travailler pour Paul, et l'attaque et la lettre, être un coup monté. Alex ne croyait pas à la providence.

Il était certain d'une chose, Paul n'avait pas l'intention de les éliminer, il avait besoin d'eux, du moins jusqu'à l'élection. Mais comment le sniper pouvait-il savoir qu'il allait tendre leur embuscade à cet endroit précis ? Il était persuadé que malgré la confusion, le sniper avait encore au moins eu une fenêtre de tir pour le tuer, quand il a sorti Luke de sous le cheval. Pourtant il n'avait pas tiré.

Plus il réfléchissait, plus il était sûr que c'était le cheval, la cible. Si c'était la tête de Luke qui était visée, le tireur devait être sacrement mauvais en plus d'être sacrement chanceux d'avoir mis la balle directement dans la tête de la pauvre bête. Et si l'objectif avait été justement de créer toute cette confusion pour faire entrer Maëve en scène ? Et si le sniper était Jack, qui savait parfaitement où se déroulerait l'embuscade ? Le coup était risqué, au milieu de tous les marshals, mais il sait que Paul est joueur, qu'il aime déclencher des situations dont il se régale à observer les résultats.

Alex fixait Maëve du coin de l'œil, elle semblait sincère. La lettre de Tony confirmait son histoire, mais il continuerait de se méfier. Il ne comprenait pas pourquoi Paul se serait donné autant de mal à infiltrer Maëve dans leur groupe. Mais qui pouvait savoir quelles étaient les intentions de Paul ? Il sentait que quelque chose de plus lointain lui échappait, comme il sentait que cette journée marquait un tournant en lui.

Quand il a tiré sur ces hommes dans l'intention de les tuer, c'est comme si une barrière qu'il avait lui-même construite avait cédé. Sa colère s'était libérée, elle avait

CHAPITRE 36 : MAËVE, LUKE, ALEX

besoin d'être assouvie, et seule la violence y parviendrait. La dernière fois qu'il avait voulu se rebeller, c'était la nostalgie, la tristesse et le désespoir qui l'avaient motivé. Paul n'avait eu qu'à le détruire encore un peu plus pour le remettre dans le rang.

Cette fois-ci, c'était différent. Alex sentait dans chaque fibre de son corps une détermination froide. Il ne savait pas qui était cette Maëve, ni comment il allait protéger Luke, mais le temps était venu de sortir Paul de sa vie, ou de mourir en essayant.

QUATRIÈME PARTIE

Chapitre 37
William

La porte coulissante s'ouvrit dans un glissement métallique. William Ansfield suivit le gardien dans un long couloir, sous le clignotement d'une lumière jaune instable. Leurs pas craquaient en rythme sur le parquet défoncé. Le gardien s'arrêta devant une cellule. La coulisse de l'œil de bœuf claqua dans les deux sens et les clés cognèrent dans la serrure. La porte s'ouvrit sans grincement. Le gardien s'écarta pour inviter William à entrer. Celui-ci le remercia d'un signe de tête :

— Pouvez-vous nous laisser s'il vous plaît ? Je taperai pour sortir.

Le gardien acquiesça. William pénétra dans la cellule et la porte se referma sur lui. La température était étouffante, la fenêtre qui donnait sur un ciel jaune de chaleur était fermée. On entendait comme un écho lointain le chant des bagnards qui travaillaient dehors.

Le prisonnier était allongé sur sa couchette, le corps tourné vers le mur. Il n'avait pas bougé. Il était maigre, ses longs cheveux gris et fins tombaient en désordre autour d'une calvitie sur la pointe de son crâne. William ne voyait pas grand-chose de son visage mais suffisamment pour remarquer que sa peau ridée lui collait aux os. Une barbe grise, pleine de trous, dissimulait très mal le creux de ses joues. William ne le reconnut pas sous les traits de ce vieillard affaibli qui se laissait mourir en prison. Et pourtant, c'était bien lui.

— Bonjour John.

L'homme réagit vivement. Lui, le reconnaissait. Il l'avait même reconnu au son de sa voix.

— Ansfield ! s'exclama-t-il.

Sa voix était éraillée comme après un long silence :

— Vous êtes enfin venu m'accorder la mort miséricordieuse de la justice ?

Il s'assit lentement sur le bord de sa couchette et planta son regard bleu dans celui de William.

— Non, John, je ne peux pas. Je suis venu te parler de Luke.

John ne réagit pas et continuait de le fixer.

— Je peux m'asseoir ?

Comme la réponse ne venait pas, William pris l'initiative de s'installer au bout de la couchette. Il laissa le silence se prolonger. Il préférait que John pose la question.

— Il va bien ? demanda-t-il enfin.

— Pas vraiment, répondit William. Des choses terribles lui sont arrivées.

William décela à la réaction de John qu'il ne s'était pas trompé. John s'inquiétait pour Luke, même s'il essayait de rester impassible pour garder de l'emprise sur la conversation.

— Il est pas en prison ? demanda John.

— Non, il n'y est jamais allé, mentit William. Il était innocent.

John fut soulagé de l'apprendre, il se détendit immédiatement. William devina que John devait être rongé par la culpabilité d'avoir entraîné Luke avec lui. Il n'avait jamais su le verdict rendu par le juge car il avait été em-

CHAPITRE 30 : WILLIAM

mené avant la comparution de Luke. Apparemment, il n'avait jamais cru en la justice et s'était résigné sur son sort. William sentit une boule familière lui chatouiller le ventre.

— Cependant, continua William, la population de Redtown a perdu sa confiance en lui. Il a perdu son travail, sa relation avec son père s'est dégradée, il s'est retrouvé seul et a enchaîné une série de mauvais choix qui l'ont placé dans une situation délicate.

— Qu'est-ce qui s'est passé ?

John était suspendu à ses lèvres.

— Tu connais Alex ?

— J'en ai entendu parler.

— Il a essayé de l'arrêter. Il lui a tiré dessus. Je suppose qu'il a pensé que s'il arrêtait notre hors-la-loi maison, il pourrait se réhabiliter. Sauf qu'il a tiré dans le bras du commerçant qu'Alex braquait. Tout le monde a cru qu'ils travaillaient ensemble. C'était fini pour lui, surtout quand Alex, sans doute pris de pitié, l'a emmené avec lui pour le soustraire à mes hommes.

— Bordel, commenta John à mi-voix.

— John, dit William d'un ton solennel, Alex et Luke agissent sous les ordres d'un homme puissant et dangereux. Un politicien mafieux : Paul. Il les lâche sur la ville pour créer un climat d'insécurité qu'il promet d'apaiser s'il est élu maire. Je te laisse imaginer comment il va résoudre le problème...

— Il va les descendre quand il n'aura plus besoin d'eux.

— Exactement ! Alex le protège, mais ils sont coincés pour agir. Et moi aussi.

John réfléchit :

— Comment est-ce qu'il les tient ?

William se doutait que John comprendrait vite. Il n'était pas né de la dernière pluie et a été formé par les meilleurs : le gouvernement.

— Il est aux petits soins pour le père de Luke. Il lui a redonné le sourire et une vie confortable.

— Je vois.

— Rien de ce qui est arrivé à Luke, dit doucement William, n'est de sa faute. Un hasard malheureux l'a lié d'amitié avec la mauvaise personne...

John se prit la tête entre les mains. La culpabilité reprenait le dessus. William laissa le silence se prolonger, il préférait que ce soit John qui pose la question.

— Qu'est-ce que je peux faire pour l'aider à se sortir de là ? demanda-t-il enfin.

— Il faudrait, répondit lentement William, que tu écrives une lettre…

William lui expliqua ce qui devait figurer dans la lettre et pourquoi. John serra les dents. Il n'avait pas envie de collaborer avec Ansfield, mais ce salopard l'avait coincé en réveillant son affection pour Luke, puis en pressant savamment sur la plaie de sa culpabilité.

— J'accepte Ansfield, mais ce n'est certainement pas pour vous que je le fais !

« C'est peut-être pour ça, pensa John, que je n'ai pas encore réussi à mourir. »

Une heure plus tard, William Ansfield entendit claquer la lourde porte du pénitencier dans son dos. Il tenait à la main une lettre cachetée avec le tampon de la prison. Il n'avait pas besoin de la lire. Il avait une entière confiance en son contenu. John avait planifié pendant des mois un attentat cathartique, mais au dernier moment, il n'avait pas pu presser le détonateur parce que dans le champ de l'explosion, se tenait Luke.

Chapitre 38
Bobby

Bobby poussa devant lui les portes battantes du saloon d'un geste théâtral. Il les franchit, d'une démarche sûre, la tête haute et fit une pause dramatique. Avec sa grande taille, son sombrero et son long manteau noir qui lui battait les mollets, il était impressionnant !
Personne ne fît attention à lui.
A son époque, la peur aurait traversé la salle comme un frisson le long de la colonne vertébrale. Dans un silence glacial, il aurait dégagé des gens d'un simple geste pour prendre leur place. Vingt-trois ans plus tard, Bobby s'installa à une table libre dans l'indifférence générale, un sourire ironique aux lèvres. Tom vint prendre sa commande. Il se demandait s'il l'avait reconnu. Comme la dernière fois, il ne laissa rien paraître.
Bobby observa les clients. Au lieu de travailleurs aussi abîmés que leurs vêtements, le saloon était fréquenté par des gens bien habillés, avec élégance et style. Les montres à gousset en or, les bijoux, les lunettes stylisées s'exhibaient sans en avoir l'air. Les temps avaient changé. Le tout premier saloon de Redtown, crasseux et mal fréquenté était devenu un saloon de centre-ville, où des gens riches affichaient leur succès. Bobby préférait les établissements plus populaires, comme ceux dans les-

quels il avait laissé traîner ses oreilles ces derniers jours, mais William lui avait donné rendez-vous ici.

Depuis son retour, Bobby suivait William comme une ombre, lui rappelant sans cesse la menace qui pesait sur lui, en vain. William agissait comme si de rien n'était. Il ne lui donnait pas la satisfaction de trembler à l'idée de sa propre fin. Dire qu'il avait osé suggérer qu'il l'abatte d'une balle dans le dos ! Bobby enrageait à cette pensée. On n'assassine pas quelqu'un qu'on a sincèrement aimé en lui tirant lâchement dans le dos ! Il prenait son mal en patience, attendant le bon moment pour fissurer la façade lisse que William lui opposait.

Ce dernier entra dans le saloon. Il le repéra tout de suite.

« N'a-t-il jamais été sincère avec moi ? » pensa Bobby. William s'installa en face de lui. Tom lui apporta aussitôt un verre. Il les dévisagea. Cette fois, Bobby était sûr qu'il l'avait reconnu.

— Quelles nouvelles de ton côté ? demanda-t-il.

— J'ai pas mal traîné dans des saloons un peu plus miteux que celui-ci, des boîtes de passes pas vraiment légales, si tu veux mon avis. J'ai entendu pas mal de chose !

— Je suis au courant. Mes hommes sont censés enquêter sur ces affaires de prostitution clandestine.

— Je confirme, rit Bobby, y a un paquet de marshals là-bas ! Je t'assure qu'ils prennent leur boulot très au sérieux ! Ils passent beaucoup de temps dans les chambres pour enquêter !

— Je sais, soupira William. Je n'ai pas grand-chose à proposer face à l'ambition, le sexe et l'argent facile. Les boîtes de passes sont une mine d'informations pour Paul.

— Heureusement que je suis là ! ironisa Bobby. Les filles sont payées pour flatter les hommes et un homme

CHAPITRE 38 : BOBBY

flatté, comblé sexuellement, devient un idiot qui se vante. Mais c'est une arme à double tranchant ! Les filles ont leur dignité et leur sens moral détruit, donc elles n'ont aucune loyauté. Je les ai payées et je leur ai épargné leur travail habituel, elles se sont mises à parler sans vergogne ! C'est comme ça que je sais ce qui est prévu pour toi.
— Alors ?
— Celui des marshals pourris qui parviendra à t'éliminer proprement gagnera le droit de prendre ta place.
— Ah carrément ! s'exclama William.
Bobby s'amusait beaucoup
— Leslie m'a parlé d'au moins trois gars sur le coup, précisa-t-il. Une femme même pas belle, la quarantaine, très grosse poitrine ! Est-ce que tous les marshals ont des problèmes avec leur mère ?
William ignora la question. Il était impressionné. Flatter l'ambition, organiser la compétition pour acheter la loyauté, stimuler le désir de plaire au maître.
— C'est vraiment un bon plan, dit-il simplement.
— C'est un plan sournois, vicieux et sans honneur.
— C'est prévu pour après l'élection ?
— J'imagine ! répondit Bobby. Paul maîtrise la situation telle qu'elle est maintenant, rien ne doit la compromettre.
William acquiesça d'un signe de tête.
— Merci, Bobby. De mon côté, tout est en place. J'ai la lettre. Est-ce que tu es prêt à faire ta part ?
— Est-ce que j'ai le choix ?
— Bien sûr !
— C'est ça, on lui dira ! rétorqua Bobby. Alors ? C'est quoi le plan ?
— Un plan sournois, vicieux et sans honneur.
— On a les ennemis qu'on mérite, conclut Bobby.

Chapitre 39
Maëve

Trois descentes sur la ville en une semaine ! Ils montaient doucement la pente caillouteuse qui ramenait à la grotte. Ils savaient parfaitement que personne ne les poursuivait. Maëve fermait la marche derrière Luke qui se laissait porter, la tête basse. Il se retourna comme pour vérifier qu'elle était toujours derrière lui. Elle lui sourit. Il lui rendit un sourire timide.

William avait raison, Luke était un mec bien. Elle comprenait pourquoi Alex s'était entiché de lui. Il faut dire qu'Alex n'était pas un si mauvais gars non plus. Luke lui avait raconté, le soir au coin du feu, tout ce qu'il savait sur Alex, pendant que celui-ci dormait. Elle a dû déconstruire l'image qu'elle s'était faite de lui. Elle comprenait les réticences de William à le poursuivre.

Alex était persuadé, à juste titre, que cette attaque foirée de diligence était un coup monté. Heureusement pour Maëve, il soupçonnait qu'elle travaillait pour Paul, à aucun moment il n'avait fait le lien avec le shérif. Alex l'avait assommé de questions, lui faisant répéter son histoire depuis son enfance en boucle, encore et encore. Elle n'avait pas eu à mentir, c'était le point positif de son rôle, tout était vrai ! Alex avait fini par lui accorder le bénéfice du doute.

Luke la défendait souvent lors de ces interrogatoires, tantôt défiant Alex, tantôt essayant de l'apaiser. Elle voyait bien l'effet qu'elle faisait à Luke. C'est normal, elle était belle, il croyait qu'elle lui avait sauvé la vie et Luke n'avait jamais été proche d'aucune autre fille.

« Fais tout ce que tu peux pour protéger Luke s'il te plaît ! »

Même ça, William l'avait anticipé.

En arrivant sur leur promontoire familier, Alex, prit une hache et partit défouler sa colère contre un arbre. Luke, comme à son habitude, s'occupa avec tendresse de son cheval, qu'il avait également baptisé Albert, puis s'installa à sa place. Maëve s'assit à côté de lui en tailleur. Leurs genoux se touchaient. Luke n'essayait plus de bouger pour éviter le contact. « C'est une bonne chose, pensa Maëve. »

— C'est la deuxième fois que Paul nous envoie saccager son quartier général, dit Luke.

— Ah bon ? La dernière fois vous aviez saccagé ceux des autres candidats aussi ?

— Non, juste le sien.

— Je pense que c'est de la stratégie politique, analysa Maëve. En nous faisant attaquer les sièges des candidats à l'élection, il veut nous faire passer pour des anarchistes, des hors-la-loi opposés au modèle démocratique. Il utilise l'image qu'il créé de nous, pour construire la sienne en opposition. Si les gens nous détestent, ils l'aimeront, ils voteront pour lui. Maëve lut du dégoût dans le regard de Luke, pour Paul et probablement pour lui-même.

— Quant à la fréquence des attaques, poursuivit Maëve, c'est pour mettre la pression sur ses opposants et pour que les électeurs voient que la bande d'Alex s'agrandit. J'imagine que dans ses discours on sera quarante avant la fin de la semaine !

CHAPITRE 39 : MAËVE

Ce dernier point arrangeait Maëve, pour que son témoignage puisse peser, il fallait que les gens la voie. D'ailleurs, elle ne se cachait pas. Elle montrait son visage, portait des tenues juste-au-corps et laissait ses cheveux dans le vent.

Luke soupira :

— Il nous fait passer pour tellement loin de ce que nous sommes ! Alex est tellement l'opposé d'un chef de bande ! Quand je travaillais encore à Redtown, la plupart des gens l'admiraient pour sa liberté et son sens de l'honneur. Quelle image ont-ils de lui aujourd'hui, à cause de Paul ?

Maëve ne dit rien et posa la main sur son bras en geste de réconfort. Elle regarda Alex qui se détruisait le corps en débitant un arbre.

— Pourquoi Alex n'abat-il pas sa colère sur Paul plutôt que sur les arbres du coin ? demanda Maëve. Elle le savait parfaitement, elle avait juste besoin que Luke le lui dise à nouveau.

— Si nous désobéissons, ils tuent mon père. Si nous esquissons un geste de rébellion, ils tuent mon père. Si nous fuyons, ils tuent mon père... Alex pourrait s'en foutre, mais il ne veut pas me faire souffrir. J'imagine que ça, Paul, n'en parle pas dans ses discours !

Luke avait élevé la voix. Alex l'avait entendu. Il laissa tomber la hache, comme vidé de son énergie, puis se rapprocha d'eux.

— Ça ira peut-être mieux après l'élection, dit Luke résigné.

La respiration de Maëve se bloqua. Elle se sentit tellement triste à cet instant précis. Alex s'agenouilla devant lui et le prit par les épaules.

— Après l'élection, Paul n'aura plus besoin de nous.

Luke, pour nous il n'y a pas d'« après l'élection » ...

Il pâlit. Entouré par l'affection et la tendresse de ses amis, Luke venait de comprendre qu'il lui restait moins d'une semaine à vivre.

— Quand le moment viendra, vous deux, vous vous enfuirez ensemble. J'essayerai de couvrir vos traces et je ferai tout ce que je peux pour emmener Paul avec moi dans la tombe !

— Mais, mon père ?

— Après l'élection, il y a une chance pour que ton père n'ait plus d'importance pour Paul. On ne peut pas le laisser gagner ! J'arrête ! Je ne le laisserai pas triompher sur nos cadavres !

L'idée de s'enfuir avec Maëve procurait à Luke une émotion très vive dans la poitrine.

— Je ne pense pas que Paul, ou n'importe lequel de ses sbires, si tu parviens à le flinguer, ne laissera le père de Luke en vie, dit-elle. J'ai vu à la capitale comment ces gens-là règlent leurs comptes. Ils se vengent systématiquement sur la famille. Ils appellent ça, la « vendetta ». Le Vieux Tony est Italien.

Luke se prit la tête entre les mains. Alex lança un regard noir à Maëve, il lui reprochait d'avoir brisé son dernier espoir.

— Par contre, reprit-elle, j'ai peut-être une idée pour régler ce problème avant dimanche...

Luke se redressa brusquement, les yeux pleins d'espoir. Maëve ne fut pas surprise de voir avec quelle facilité il s'en remettait à elle.

— Demain, nous pourrions descendre voir ton père, tous les trois, lui expliquer la situation. L'obliger à t'écouter ! Une fois qu'il sera convaincu que tu es innocent, il comprendra que disparaître discrètement est la seule so-

CHAPITRE 39 : MAËVE

lution pour t'aider. Je suis sûre qu'il le fera ! On peut l'aider, on a de l'argent.

Luke imaginait les différentes réactions que son père pourrait avoir. Alex se releva :

— Il n'y a aucune chance que ça marche ! s'écria-t-il. C'est l'idée la plus stupide que j'ai jamais entendue !

— Qu'est-ce que ça coûte d'essayer ? répliqua Maëve. On n'est pas obligé de toujours subir les bras croisés !

Alex secoua la tête de dépit. Il ne croyait pas une seule seconde que ça puisse marcher. Mais elle ne pouvait pas lui dire qu'il y avait un espoir que le père de Luke ait changé d'avis.

— Je pense que c'est Luke qui doit décider, dit Maëve.

— Faites ce que vous voulez, soupira Alex, moi, je ne viendrai pas, c'est tellement…

Il leur tourna le dos et se dirigea vers la grotte en secouant la tête.

— Ça ne coûte rien d'essayer, décida Luke. On ira demain soir après le coucher du soleil !

Maëve lui entoura tendrement les épaules de son bras.

Chapitre 40
William

L'avantage d'être une femme, c'est qu'on vous accorde un droit à l'intimité supérieur à la norme habituelle entre hommes. Surtout que contrairement à la construction de leurs personnages dans l'opinion publique, Alex et Luke n'étaient pas des brutes non civilisées. William tirait avantage de cette situation et rencontrait Maëve à son point d'eau bien en contrebas de leur planque, à l'abri des regards et des oreilles indiscrètes. Il arriva peu de temps avant elle. Quand elle le vit, elle parut soulagée.

— J'avais peur que vous ne puissiez pas venir ce matin ! dit-elle.

William sourit :

— Il me reste encore un peu d'autorité pour décider de partir me promener seul si j'en ai envie !

Maëve lui sourit en retour :

— J'ai réussi à convaincre Luke de rencontrer son père. On y va ce soir, juste après le coucher du soleil !

— Vous y allez tous les trois ?

— Non, répondit Maëve. Pour ne pas mentir, Alex trouve ce plan débile. Il ne viendra pas.

William comprenait :

— Je m'en doutais un peu. Ça passe toujours bien

avec lui ?

— Je ne dirais pas « bien », répondit-elle. Il reste persuadé que l'attaque de la diligence est un coup monté. Il est confus mais je pense qu'il ne me soupçonne plus de travailler pour Paul. Il ne me fait pas entièrement confiance, c'est sûr, en revanche Luke me soutient et ne me lâchera pas. Alex comprend ce qu'il se passe, il commence à l'accepter. Il m'a demandé de fuir dans la nature avec Luke quand Paul leur ordonnera leur dernier assaut. Il compte emmener avec lui le maximum de monde, et si possible, Paul.

— Il est prêt.

— Oui, mais il ne fera rien tant que Luke devra en souffrir. Il s'est vraiment entiché de ce garçon, vous savez ?

— Je sais. Il est prêt à se sacrifier pour lui...

William resta pensif un moment. Maëve respecta son silence.

— Malheureusement, reprit William, il ne peut y avoir de rédemption pour Alex. Paul doit être éliminé juste avant l'élection, et c'est lui qui doit l'abattre, c'est essentiel !

— Je sais Shérif, et ça me rend triste.

— Crois-moi, il n'y aura jamais eu autant de journalistes sur une scène de crime, et ma version des faits fera la une de la presse de toute la région ! C'est pour ça que j'ai besoin de vous, et surtout de Luke ! Son témoignage sera primordial ! Sans lui, nous ne pourrons pas ouvrir une enquête officielle sur les activités de Paul.

— Je connais mon devoir, shérif.

William vit dans ses yeux la même détermination qu'il avait lui-même à l'époque. Il avait compris ce qu'elle sous-entendait :

CHAPITRE 40 : WILLIAM

— Ce n'est pas ce que je voulais dire ! s'exclama-t-il. J'ai besoin de toi aussi Maëve.

— J'ai compris que j'aurais pu mourir dès le premier jour, je n'y étais pas prête. Je le suis maintenant.

— Je suis désolé Maëve. Je n'ai jamais été autant soulagé que lorsque je t'ai revue en vie.

— Vous aviez confiance en votre intuition et vous avez eu raison. Maintenant, le plus important, c'est de faire tomber Paul et de protéger Luke. Je comprends les enjeux, shérif ! Je ferai tout ce qui est nécessaire pour atteindre notre objectif.

— Je sais, soupira William. Je t'admire beaucoup pour ton courage et ta loyauté.

— Nous ne pourrons peut-être pas sauver Alex, mais grâce à Luke, nous pourrons peut-être sauver sa légende.

William était satisfait. Les liens complexes qu'il espérait tisser entre Alex, Luke et Maëve, prenaient forme sous ses yeux. Pour l'instant, son plan se déroulait comme prévu. William sortit une enveloppe de sa poche et la fit tourner entre ses mains.

— Qu'est-ce que c'est ? demanda Maëve

— Une lettre pour toi, répondit William, ne la lit pas tout de suite, s'il te plaît. Tu sauras quand se sera le bon moment.

Maëve prit la lettre et l'agita en direction du shérif :

— Je n'aurais pas à la lire shérif, ne vous inquiétez pas !

— Espérons ! Je fais le nécessaire pour ce soir. Sois prudente Maëve.

Elle hocha la tête pour le saluer et dissimula la lettre.

Chapitre 41
Bobby

Bobby commençait à prendre ses marques dans le saloon. Il se sentait à l'aise. Malgré sa tenue et son allure anachroniques, les gens l'ignoraient.
« C'est ce qui arrive quand les petits villages deviennent des grandes villes. »
William entra dans le saloon. Il avait tardé à venir ce matin. Il se redressa sur sa chaise. Il s'installa en face de lui. Tom vint immédiatement leur apporter leur verre.
— C'est pas un peu tôt pour le baby limonade ? lui demanda William.
— J'en ai été privé pendant des années, et il ne m'en reste pas beaucoup à boire devant moi, répondit Bobby, alors je profite !
Il but son verre cul-sec et en demanda un autre.
—De toute façon, il n'est pas si tôt aujourd'hui, n'est-ce pas ?
— J'ai des nouvelles, répondit William avec enthousiasme. Ils descendent ce soir, au coucher du soleil. Il sortit la lettre de sa poche et la fit glisser sur la table jusqu'à Bobby. Une heure avant devrait suffire je pense.
Bobby pris la lettre et bloqua sur le cachet du pénitencier.
— Elle n'est même pas ouverte ! Tu penses que ça va

marcher ? demanda-t-il sceptique.

— J'ai confiance, parce que celui qui l'a écrite tient à se racheter auprès d'un innocent.

Bobby se retint de parler et laissa sa bouffée de colère le traverser. William était un spécialiste pour manipuler les sentiments des gens.

— Ok, et toi pendant ce temps-là ?

— Je fais bonne figure à la soirée de Paul, après m'être assuré que Lydie soit bien rentrée chez elle.

— Il fait des galas tous les soirs maintenant !

— Oui, à trois jours de l'élection, ça ne m'étonne pas.

Il tendit une autre enveloppe à Bobby. Le billet pour le premier train de demain matin et de l'argent, expliqua-t-il.

Bobby tendit la main mais William la retira d'un geste vif.

— Tu m'as promis de m'aider Bobby, tu te rappelles ? Si tu dévies, tu compromets les chances de succès ! Alors tu l'accompagnes à la gare et tu lui laisses l'argent ! Fais tout ce que tu peux pour le convaincre !

William écarta de nouveau la lettre de la main de Bobby.

— Il doit absolument avoir disparu du paysage demain matin ! Je compte sur toi !

Bobby s'agaçait.

— Ensuite, tu sais ce que tu as à faire, conclut William.

— Ne t'inquiète pas, répondit Bobby en se levant pour partir. Je suivrai les ordres. Tout le monde n'est pas comme toi !

Il arracha l'enveloppe de la main de William.

— On se retrouve demain à la planque, dit-il avant de sortir.

Bobby se rendit dans un saloon bien moins chic et ou-

CHAPITRE 41 : BOBBY

vrit délicatement la lettre sans abimer le sceau. William avait peut-être confiance, mais lui voulait savoir ce qu'elle contenait. Il avait appris à lire en prison, ça faisait partie du programme de réinsertion. Il fallait bien que ce soit utile, non ?

William ne s'était pas trompé. Il y avait dans cette lettre tout ce qu'il fallait pour convaincre un homme qui aime encore son fils, de l'aider :

« Au dernier moment, j'ai renoncé grâce à votre fils. Il était prêt à sacrifier sa vie pour m'empêcher d'agir. Votre fils est un héros ! Si les gens savaient la noblesse de son cœur, ils lui pardonneraient, comme je l'ai fait et comme vous le ferez. Votre fils a maintenant besoin de vous. »...

Il y était décrit avec précision l'emprise que Paul avait sur la vie de Luke et combien il était nécessaire qu'il s'en aille, pour le libérer.

Si William avait écrit cette lettre lui-même, elle n'aurait pas été bien différente. Elle aurait simplement manqué de la détresse et de la sincérité insufflées par John. Il ne pût s'empêcher de l'admirer pour sa réussite et de le haïr pour sa confiance en celle-ci.

En revanche, la lettre n'expliquait pas pourquoi Luke avait quand même été en prison. Il soupçonna que William avait quelque chose à voir avec ça. « Celui qui l'a écrite tient à se racheter auprès d'un innocent. » Voilà... Sinon pourquoi se donner autant de mal. Il recolla délicatement le sceau avec un sourire mauvais.

« Tu restes fort William, mais tu te ramollis. Ne t'inquiète pas, j'irai au-delà de tes espérances. »

Chapitre 42
Luke

Luke contemplait la vallée scintiller. Comme il aimait cette vue ! C'était ses toutes premières paroles pour Maëve : « Attends de voir ça au coucher du soleil ! »

C'est comme s'il était seul au monde, et qu'elle brillait pour lui. Il ressentait le même bien-être qu'aux lueurs de l'aube dans la plaine, ce qui lui semblait être dans une autre vie. Maëve vint s'asseoir à ses côtés. Elle croisa ses bras autours de ses jambes qu'elle avait remontées sur sa poitrine et posa le menton sur ses genoux. Son regard était semblable au sien, lointain et mélancolique.

— Tu sais, dit Luke, j'ai failli ne pas revenir à Redtown. J'ai même envisagé de partir de l'autre côté de la mer. J'ai l'impression d'avoir choisi de revenir, mais c'est faux ! Il ouvrit un bras vers l'horizon : jamais je n'aurais pu partir d'ici. Je m'en rends-compte maintenant.

Maëve ne dit rien.

— Je hais tout ce que Paul nous oblige à faire, poursuivit Luke, mais une partie de moi, que je préfère ignorer, est satisfaite d'appartenir à l'histoire de la ville, même si c'est mal ! On a grandi ensemble, tu comprends ?

— Je comprends, répondit doucement Maëve.

— J'étais déterminé à partir quand ma mère est morte,

je n'ai pas pu. C'est elle qui m'a appris à aimer Redtown...

Il fit une pause.

— Mon père ne partira jamais, Maëve !

Luke reporta son regard sur l'horizon. Maëve avait trop d'espoir, elle ne comprenait pas les liens qui rattachaient son père à Redtown. Il irait avec elle néanmoins. S'il devait mourir bientôt, il était important pour lui que son père sache qu'il était innocent.

Chapitre 43
Bobby

Une heure avant le coucher du soleil, Bobby frappa à la porte de la maison de Luke. Il entendit une chaise racler le sol et des pas traînants approcher de la porte :
— Lydie ? demanda une voix.
La porte s'ouvrit. Bobby vit un homme qui paraissait bien plus vieux que son âge.
— Qui êtes-vous ?
Bobby retira son chapeau et fit son plus aimable sourire.
— Bonsoir Monsieur, je suis un ami qui vous apporte des nouvelles de votre fils. J'ai ici une lettre qui vous expliquera bien mieux que moi de quoi il retourne. Votre fils m'a dit que vous saviez lire ?
— Oui, j'ai appris, répondit-il machinalement. Il semblait déboussolé.
Bobby en profita, le prit par le bras et le conduisit à sa chaise.
— Je vous en prie, dit-il, asseyez-vous. Vous voulez que je vous apporte une bougie ?
Le père de Luke se laissait faire docilement. Bobby l'enrobait d'un tourbillon d'amabilités et de paroles qui ne lui laissaient pas le temps de réagir. Quand il fut assis, Bobby prit place en face de lui. D'un geste des deux mains il l'invita à lire la lettre. Le père de Luke fronça

les sourcils en apercevant le cachet :

— Je ne comprends pas, mon fils n'est plus en prison !

— Lisez, et vous comprendrez tout ! insista Bobby.

Les mains tremblantes, le père de Luke ouvrit l'enveloppe. Il lança un dernier regard à Bobby qui l'encouragea d'un signe de tête. Il lut.

Bobby cessa sa comédie. Il avait le visage grave et le regard noir. Pendant un temps assez long, le père de Luke lut et relut la lettre. Enfin, il la posa sur la table et la lissa du plat de la main. Il avait les larmes aux yeux.

— Tout ce qui est écrit dans cette lettre est vrai, dit Bobby d'une voix grave. Je vous le promets.

— Alors mon fils n'est pas… commença-t-il.

— Non, répondit Bobby.

L'homme se leva. Il se déplaçait doucement à travers la pièce.

— Vous savez que j'ai construit cette maison de mes propres mains ? dit-il.

Il caressa le manteau de la cheminée.

— J'ai vécu ici toute ma vie d'adulte.

— Ne vous en faites pas, dit Bobby d'une voix douce, je ne pense pas qu'avec des gens comme Paul, partir soit suffisant.

L'homme le regarda avec une lueur d'espoir. Bobby posa doucement son arme sur la table.

— Je pense que vous le comprenez.

L'homme avala sa salive et son regard papillonna à nouveau, partout autour de lui. Il lut la lettre une nouvelle fois. Probablement le passage sur son rôle dans l'emprise immuable.

— Lydie ?

Bobby ne savait pas s'il l'appelait ou s'il s'interrogeait sur elle, en tous les cas il répondit :

CHAPITRE 43 : BOBBY

— Je suis désolé, Lydie est un mensonge.

L'homme s'approcha d'une commode et en sortit un petit miroir.

— Vous savez, un jour j'ai été heureux ici.

Bobby comprit que ce n'était pas son reflet qu'il caressait du bout des doigts.

— Je comprends que vous ne puissiez pas partir, dit Bobby d'une voix douce et rassurante. Comme je comprends que vous ferez ce qu'il faut.

Bobby poussa du bout des doigts son arme vers lui.

— Plus rien ne vous retient ici. Libérez votre fils. Retournez vers votre femme en héros.

Il se leva lentement et contourna la table. Avant de sortir, il pressa tendrement l'épaule du père de Luke qui fixait l'arme sans ciller.

Le coup de feu résonna dans la nuit silencieuse. Bobby remit son chapeau.

« Voilà William, j'espère que tu apprécieras un travail bien fait ! Disparu du paysage ! »

Il soupesa l'enveloppe de billets :

« J'ai justement besoin d'une nouvelle arme ! »

Il disparut dans la nuit.

Chapitre 43
Maëve

La lumière du jour déclinait. Ils descendaient le sentier accidenté, concentrés pour ne pas trébucher. A pied, ils étaient plus discrets qu'à cheval. Luke avait le visage fermé.

— Luke ? appela Maëve.

Il fit comme s'il ne l'avait pas entendue. Maëve combla au pas de course la distance qui les séparait et lui attrapa le bras :

— Luke s'il te plaît !

Elle avait presque crié. Il s'arrêta.

— Quoi ?

— Regarde-moi s'il te plaît.

Il céda.

— On va s'en sortir, d'accord ? dit Maëve avec conviction.

— On n'échappe pas à Paul et à sa bande, c'est toi même qui l'a dit, répliqua-t-il.

Maëve baissa les yeux :

— Quand ton père sera parti, je sais comment nous débarrasser de Paul.

Luke secoua la tête.

— Il ne partira pas.

— Peut-être que si ! répliqua Maëve. Il fera peut-être

ce qu'il faut pour sauver son fils, non ?

Luke eut un sourire triste.

— Maëve, mon père vit avec le fantôme de ma mère depuis qu'elle est morte. Il ne la quittera jamais ! Je le sais, c'est comme ça. Je ne veux pas disparaître aussi en laissant mon père penser que c'est de sa faute...

Il ferma les yeux. Les mots qui terminaient sa phrase étaient difficiles à prononcer :

— Parce qu'il m'a abandonné.

Maëve ne sut quoi répondre. Luke avait parfois cette lucidité fulgurante qui contrastait avec sa naïveté habituelle.

— Je vais lui raconter ma vie depuis qu'il m'a rejeté, lui dire que ce n'est pas de sa faute, que je le comprends et que je lui pardonne. J'espère que ça apaisera sa conscience et qu'il en voudra au vrai coupable. Ensuite... Advienne que pourra !

Luke avait l'air misérable. Sa dépression était légitime, mais il avait tendance à s'abandonner à une mélancolie morbide. Ce qui agaçait Maëve. William lui avait demandé solennellement de faire tout son possible pour sauver Luke. Elle n'y parviendrait pas s'il se complaisait dans son malheur. Elle avait besoin qu'il fasse montre de plus de caractère ! Il était temps qu'elle le secoue un peu :

— Ensuite, on triomphera ou on s'enfuira ! Et on luttera pour survivre ! J'en serais où, moi, si je n'avais pas pris ma vie en main ? Je serais une pute, Luke, tu comprends ça ? Une pute ! Mes parents sont morts à la capitale, ce n'est pas pour autant que j'ai le devoir d'y mourir aussi !

Luke avait les yeux écarquillés de surprise. Il n'avait pas vu venir la colère de Maëve.

— Je ne dis pas que ma situation actuelle est reluisante

CHAPITRE 43 : MAËVE

– elle l'agrippa par les épaules et le secoua - mais au moins j'ai essayé d'agir merde ! Tout n'est pas sombre fatalité !

Elle le lâcha et expira profondément pour se calmer.

— Tu ne dois rien à Redtown ! Tu n'es ni Alex ni tes parents ! Reprends ta vie en main! Rien ne t'oblige à mourir ici, conclut Maëve.

Le silence se prolongea.

— Allez viens, allons essayer de sauver ton père !

Ils se remirent en route sans un mot de plus. Ils arrivaient maintenant à la partie délicate de leur trajet. Sur la plaine, ils seraient exposés. Heureusement la luminosité avait bien diminué. Ils distinguaient à peine les ruines de la maison brûlée. La maison de Luke était un peu plus loin. L'obscurité devrait suffire à les couvrir. Ils avancèrent prudemment, en se cachant au maximum dans la végétation quand celle-ci le permettait. Ils étaient maintenant tapis derrière une haie, sur le côté de la maison. De la lumière s'échappait à travers les fentes du volet. Ils attendaient que l'homme en noir qu'ils distinguaient dans la rue disparaisse pour se mettre en route. Luke était inquiet.

— Qui est-ce ? chuchota-t-il.

Maëve ne reconnut pas la silhouette de William mais pourtant :

— J'ai l'impression que …

Le coup de feu l'interrompit. Luke oublia toute prudence et se précipita immédiatement vers la maison. Maëve resta un instant figée d'horreur. La voix de Luke retentit dans sa tête :

« Il ne partira pas… Mon père vit avec le fantôme de ma mère depuis qu'elle est morte. Il ne la quittera jamais ! »

Elle réalisa que la lettre de John avait eu un effet plus radical qu'elle ne l'avait anticipé.

« Mon Dieu, la lettre ! pensa-t-elle. Il ne faut pas que Luke la trouve ! »

Elle se précipita à sa suite.

Chapitre 45
Maëve

Maëve faillit trébucher sur Luke. Il s'était effondré à genoux, deux pas après l'entrée.

Maëve vit d'abord la lettre posée sur la table avant le spectacle choquant qui avait mis Luke à terre. Son père était assis sur la chaise, la tête renversée sur le côté, les bras ballants. L'arme était invisible. Elle devait être tombée au sol.

Sous prétexte de vérifier s'il était toujours en vie, Maëve s'approcha du cadavre. Certains détails qui auraient dû la frapper par leur violence n'arrivaient que maintenant à sa conscience. Le sang sur le visage et le cou, les taches mouchetées sur le sol, parfois épaisses, les éclats blancs de l'os, et pire encore, le trou sur la tempe. Maëve n'avait jamais vu de cadavre, elle retint sa nausée. Elle espérait que Luke avait l'esprit trop embrumé pour remarquer ces détails macabres.

Celui-ci avait la bouche ouverte dans un rictus d'horreur et des gémissements désordonnés s'échappaient de sa gorge. Elle fut prise de pitié pour lui. Dire qu'elle venait de le sermonner il y a à peine quelques minutes ! Maëve ne se laissa pas aller plus longtemps, elle attrapa la lettre et la chiffonna dans sa main, puis elle se précipita sur Luke et le prit dans ses bras :

— Viens Luke, murmura-t-elle à son oreille, il faut qu'on bouge !

— Non ! Non ! Non !

Luke avait crié de plus en plus fort. Maëve raffermit son étreinte et essaya de l'entraîner vers la sortie ! Luke hurlait en poussant dans l'autre sens. Il tendait son bras par-dessus son épaule dans un geste désespéré vers son père. Il luttait de toutes ses forces. Maëve sentit la lettre lui échapper. Elle avait peur de ne pas réussir à le faire partir et elle voulait absolument le faire taire. Elle saisit son visage entre ses mains et l'embrassa à pleine bouche. Cela eu l'effet escompté. Abasourdi, Luke arrêta à la fois de hurler et de se débattre.

— Il faut qu'on parte, maintenant !

Luke avait l'air fou et perdu. Avant qu'il ne proteste, Maëve dit plus fort qu'elle ne l'aurait voulu :

— A ton avis, si quelqu'un arrive maintenant, qu'est-ce qu'il va penser ? Il va penser que c'est toi qui l'as tué ! Elle vit un éclair de lucidité dans le regard horrifié de Luke.

— S'il te plaît, implora-t-elle.

Elle ne voulait pas le lâcher. Elle sortit à sa suite avant de se rendre compte qu'elle avait oublié la lettre. Quelqu'un approchait sur la route, une lampe-tempête à la main.

Tant pis pour la lettre.

Chapitre 46
Lydie

Depuis que l'homme qui souriait était entré dans sa vie, Lydie était plus heureuse. Pas beaucoup plus heureuse, mais elle se sentait moins seule. Elle rêvait d'une belle vie avec son riche mari dans cette ville florissante. Malgré son arrogance et son immense confiance en lui, celui-ci n'était pas immortel. Il s'était fait poignarder à plusieurs reprises dans une bagarre de saloon. Elle ne comprenait pas ce qu'il faisait dans un saloon de si mauvaise réputation et ne préférait pas le savoir.

Quoi qu'il en soit, Lydie se retrouvait seule avec un garçon de dix-sept ans. Bien entendu, elle n'avait plus d'argent, son garçon n'irait pas à l'université comme prévu. Il voulait être avocat. Un métier à la mode. Il disait qu'il pourrait défendre des familles comme la leur, frappées par des drames et obtenir réparation. Il s'exprimait bien, elle était fière de lui, même si elle ne pouvait s'empêcher de penser qu'il pourrait aussi défendre celui qui tenait le couteau. De toute façon, elle n'avait plus les moyens de payer le précepteur et encore moins ses études à la capitale.

C'est là qu'il était venu frapper à sa porte. Il lui expliqua qu'il était assureur, et que par chance, son mari avait pris la précaution de souscrire à une assurance vie. Elle ne comprenait pas grand-chose, mais l'homme qui souriait l'informa qu'il prenait en charge les études de son fils et lui trouverait à elle, un travail respectable. Il avait justement une proposition à lui faire. Un homme qui vivait seul avait besoin de ses services. Elle devait simplement lui rendre visite tous les jours, s'occuper de l'entretien de la maison et lui préparer ses repas. Le pauvre homme vivait un deuil difficile. Elle accepta même si c'était elle qui, habituellement, bénéficiait de ce genre de services. Elle n'avait pas le choix.

L'homme triste ne semblait pas comprendre ce qu'elle venait faire chez lui. Il n'avait rien demandé, mais ne fut pas non plus hostile. Lydie ne tarda pas à le trouver gentil, même s'il semblait toujours perdu dans une autre réalité. Elle avait du mal à communiquer avec lui mais sentait qu'elle améliorait son quotidien. Elle essaya de se rapprocher davantage de lui, sans le moindre succès. Cet homme était fermé là où d'autres auraient pu essayer d'abuser.

Il y a quelques semaines, l'homme qui souriait était revenu chez elle, accompagné d'un garde du corps effrayant. Il lui avait annoncé que le fond d'assurance de son mari s'épuisait, mais qu'il ne voulait pas priver son fils de ses études, qui d'après ses informations, se passaient plutôt bien. Il lui demanda en contrepartie de la faveur qu'il lui accordait, de bien vouloir déménager près de son employeur et de le tenir informé de tout ce qui pourrait sortir de l'ordinaire autour de l'homme dont elle s'occupait.

Le sourire de l'homme l'intimida. Elle ne fit de toute façon aucune difficulté. Elle avait l'habitude de ne pas comprendre ce qui se tramait dans la tête des hommes et ne pensait qu'à son bien-être et celui de son fils. Ce n'était pas nécessaire de se poser trop de questions. L'homme qui

CHAPITRE 46 : LYDIE

souriait lui fournit un petit logement entre deux fermes. Probablement un ancien champ qui avait était revendu. Elle s'habituait au calme de ce faubourg de Redtown encore très rural, bien que des petites maisons comme la sienne fleurissaient dès qu'il y avait une place libre.

Il n'était pas rare d'entendre des coups de feu étant si proches des montagnes. Les hommes chassaient du gibier ou les animaux sauvages, mais rarement aussi tard et rarement aussi fort ! Prise d'un étrange sentiment, elle enfila un manteau par-dessus sa chemise de nuit, saisit une lampe-tempête et sortit s'assurer que tout allait bien. La porte de la maison de l'homme triste était ouverte, de la lumière s'en échappait. Une boule noua sa gorge.

Le spectacle qu'elle découvrit la désola. Le pauvre bougre n'avait pas résisté. Elle savait qu'il pourrait en arriver là. Elle se sentait triste pour lui et en même temps elle ne pouvait s'empêcher de penser que c'était son travail qui s'envolait. Elle n'en eut pas honte. Après tout, chacun était au centre de sa propre vie. Qu'allait-il se passer pour elle maintenant ?

Elle marcha sur un objet mou : une boule de papier chiffonnée. Elle la ramassa machinalement et la mit dans sa poche.

Elle n'avait pas envie de s'attarder la nuit, mais ce qui venait de se produire sortait indubitablement de l'ordinaire. Elle devait immédiatement prévenir l'homme qui souriait. Elle avait peur qu'il arrête de payer les études de son fils. Elle lui dirait qu'il rentrerait ce week-end voter pour lui. Ce n'était pas vrai, mais elle avait vu sa tête dessinée sur des affiches. Elle pensait que ça lui ferait plaisir.

Chapitre 47
Alex

Alex nettoyait son arme avec soin. Son dernier combat approchait. Il remit les balles une par une dans le barillet. A la quatrième il pensa : « Jack » A la cinquième il pensa : « Paul ». Il prit son temps avant de charger la sixième. Il la fit tourner dans ses doigts et finalement dit à mi-voix :
— Maëve ?

Son regard noir et déterminé se perdit dans les flammes, au-delà, la nuit l'enveloppait. Il n'était plus sûr de rien la concernant, mais si elle mettait Luke en danger, il n'hésiterait pas.

Quelques minutes plus tard, elle apparut en soutenant Luke, livide. Son visage renvoyait la blancheur de la lune. Alex se précipita vers eux. Luke pleurait sans sanglots. Maëve avait les yeux humides.
— Qu'est-ce qui se passe ? hurla-t-il.

Luke chancelant, s'abandonna dans ses bras. Alex l'entoura d'un geste paternel, lui murmura des mots rassurants en fusillant Maëve du regard. Elle articula à grand peine :
— Il s'est suicidé.
— Quoi ? sursauta Alex.
— Il s'est suicidé ! répéta-t-elle plus distinctement.

Alex était horrifié. Il accompagna Luke dans la grotte

et l'allongea sur son lit. Il se laissa faire sans protester. Alex repensa à leur première rencontre. Il lui pressa doucement l'épaule et dit :

— Je reviens.

Maëve les observait depuis l'entrée. Il s'approcha d'elle à grandes enjambées, l'attrapa par le col, la traîna sur plusieurs mètres et la plaqua violemment contre un tronc d'arbre. Il sortit son arme et cala le canon sous le menton de Maëve :

— Tu as intérêt à me convaincre ! prévint-il les dents serrées.

Maëve déglutit avec difficulté :

— Alex, s'il te plaît ! C'est pas notre faute ! Luke l'a trouvé mort en ouvrant la porte ! - la voix de Maëve se brisa - Il n'a pas eu le temps de lui parler.

Elle laissa sa tête reposer en arrière sur le tronc, offrant sa gorge à Alex.

— Il y a un élément essentiel que tu me caches ! Je le sais ! dit Alex la voix tremblante. Je n'ai jamais cru aux hasards miraculeux ! Le braquage de la diligence, c'était forcément un coup monté. Je vais te poser une question simple, et tu as intérêt à ce que je croie en ta réponse : pour qui est-ce que c'est tu travailles ? Réponds !

Alex pressa un peu plus son arme contre la gorge de Maëve.

— Alex… supplia-t-elle.

— Pour qui est-ce que tu travailles ?

Cette fois il avait hurlé. Maëve avala sa salive avec difficulté, gênée par le canon de l'arme.

— Paul ?

— Le shérif.

Alex relâcha la pression sur le torse de Maëve et recula. Il n'y avait jamais pensé et pourtant tout prenait sens ! Ans-

CHAPITRE 47 : ALEX

field... Voilà pourquoi le sniper semblait si maladroit ! Pourquoi Maëve était apparue tel un miracle ! Pourquoi les poursuites avaient été plus que laxistes...

— William m'a demandé de veiller sur Luke.

Au fond de lui, Alex s'en doutait. Sinon, il ne lui aurait pas suggéré de s'enfuir avec Luke. Pourtant :

— Il l'a jeté en prison sans se poser de question alors qu'il le savait innocent ! Sacré revirement !

— Et ça le hante tous les jours ! Il se sait responsable des malheurs de Luke, il tient à se racheter auprès de lui.

— Pousser son père au suicide est une étrange façon de se racheter !

— Il ne devait pas mourir, expliqua Maëve, simplement partir pour vous libérer de l'emprise de Paul.

— Ca a drôlement foiré !

— Ca n'a pas foiré ! répliqua-t-elle vivement. Le plan a mal tourné mais le résultat est là ! Votre laisse est coupée !

Alex fut traversé par deux violentes émotions contradictoires. La rage devant le cynisme froid de Maëve et l'exultation provoquée par la véracité de ses paroles.

Son arme était toujours pointée sur le front de Maëve. Encore une fois, il se trouvait embarqué dans une machination plus grande que lui, sans qu'il ait eu son mot à dire. Il baissa le bras. Pour l'instant, ils avaient un ennemi commun et une action contre lui était déjà en route.

Il demanda :

— Qu'est-ce que je dois faire ?

— Ce que tu avais déjà prévu de faire, répondit Maëve. Mais en suivant mes instructions.

— Pas de grand plan de sauvetage pour moi, alors ?

— Non, Alex, je suis désolée.

— Peu importe, soupira-t-il. Tu m'expliqueras plus

tard. En attendant : prépare-toi !

Alex en était arrivé à la même conclusion que William :

— Jack ne devrait pas tarder à nous rendre visite.

Chapitre 48
Paul

Paul paradait au milieu de ses invités ivres. Lui, tenait le même verre depuis le début de la soirée. Il gardait l'esprit clair et tirait les ficelles de son pouvoir avec délicatesse et subtilité.

Il écoutait d'un air passionné les délires racistes du plus gros exploitant forestier de la ville. Il serrait les dents. Il avait hâte de détruire ce pauvre type sans cervelle. Il était gras et paresseux. Il ne devait son succès qu'à l'efficacité de son maître d'œuvre : un de ses ouvriers noirs qu'il était en train d'insulter copieusement.

— Oui je les paye ! scanda-t-il pour que tout le monde l'entende. C'est la loi ! J'ai remplacé le fouet par une chaussette remplie de pièces ! Et ils en reçoivent, des espèces sonnantes et trébuchantes !

Paul ne fit même pas mine d'apprécier la plaisanterie. Il sourit rageusement. Ce serait facile. Il suffirait d'un minimum de considération pour que la révolte éclate. Il écraserait ce crapaud bouffi d'une seule main. Contrôler le commerce du bois augmentera son influence sur les routes commerciales vers l'est et vers l'ouest, et surtout, auprès de la toute puissante compagnie ferroviaire. L'homme lui portait bruyamment un toast.

« Je le tuerai moi-même. »

Paul sourit joyeusement à cette pensée. L'homme interpréta son sourire à sa façon et se pavana comme un paon. Cette sangsue ne jouissait qu'à proximité du pouvoir.

L'arrivée de Jack dans la pièce permit à Paul de le congédier gentiment. Il lui serra chaleureusement la main en se demandant s'il le fouetterait à mort ou s'il l'étoufferait en lui faisant avaler les pièces de ses chaussettes.

Jack traversait la foule pour venir le retrouver. Il admira la fluidité de son déplacement dans cette salle bondée. La perfection silencieuse, entraînée pour être docile et mortelle. Jack lui murmura quelques mots à l'oreille. La foule remarqua cet échange et Paul cacha sa surprise derrière un air affairé. Personne ne se permit de le retenir quand il quitta la pièce. Jack intimidait même les plus insolents.

Paul lut plusieurs fois la lettre que Lydie avait ramenée. Les conclusions étaient faciles à tirer : seul William Ansfield pouvait avoir dicté à John les mots écrits sous ses yeux. Dire qu'il y a à peine deux heures, Ansfield était passé au gala. L'air affable, il lui avait longuement serré la main. La foule avait applaudit, car tout comme Paul, elle avait interprété ce geste comme un symbole de sa victoire. Paul s'était laissé griser par l'instant. Une simple diversion ! Il lui avait fait un serment d'allégeance public au moment même où il passait à l'attaque contre lui. Il ne l'avait pas vu venir ! Ansfield avait tout découvert sur lui sans qu'il ne s'en aperçoive.

Il posa la lettre sur son bureau et la lissa du plat de la main. Ansfield avait poussé un homme innocent au suicide pour retourner Alex contre lui. Il prit un instant pour reconsidérer la ligne morale du shérif. Il admirait la duplicité de cet homme. Il aurait fait un allié formidable.

CHAPITRE 48 : PAUL

— Jack, malheureusement, nous allons devoir nous séparer prématurément de nos amis. Fais ça proprement, ordonna-t-il. Ramène les corps, j'inventerai une histoire...

Jack acquiesça d'un signe de tête et sortit de la pièce. Paul regarda ses larges épaules disparaître dans l'encadrement de la porte. Il ne pouvait s'empêcher de penser qu'il jouait le coup que William Ansfield avait prévu pour lui.

Chapitre 49
Alex

Alex attendait l'arme dégainée, tous les sens en alerte. La silhouette de Jack se matérialisa en haut du sentier. Il ne l'avait pas entendu arriver. Alex déglutit avec difficulté. La sueur perlait sur son front. Jack continuait sa marche silencieuse vers la grotte. Maëve changea de couverture. Une branche craqua sous son poids. Jack se retourna et tira à la vitesse de l'éclair dans la direction du bruit. Maëve poussa un cri. Alex surgit et lui tira dans le dos. Sa balle lui fit éclater l'arrière du crâne. Jack s'écroula face contre terre. Alex ressentit une brûlure sur son épaule gauche.

Il contempla le corps sans vie de Jack. Il l'avait tué. Il ne ressentit rien du sentiment d'exultation qu'il avait anticipé. En vérité, il avait honte de l'avoir piégé et abattu par derrière. Mais s'il avait affronté Jack avec honneur, il n'aurait eu aucune chance. Il posa la main sur sa blessure. La balle l'avait juste effleuré. Sentant le piège, Jack avait tiré à l'aveugle par-dessus son épaule, le manquant de très peu.

Maëve sortit du buisson derrière lequel elle était cachée. Elle n'était pas blessée. Elle découvrit le corps de Jack avec effroi. Elle échangea un regard avec Alex. Ils n'avaient pas besoin de parler.

Alerté par les coups de feu, Luke sortit de la grotte. Alex remarqua qu'il n'avait pas pris son arme.
— Il faut qu'on bouge, dit Maëve.
Alex se précipita sur les chevaux pour les seller et les détacher. Luke s'avança doucement vers le cadavre.
— Il nous a attaqués, lui expliqua Maëve. Il faut qu'on parte avant que Paul nous envoie d'autres hommes.
Alex lui apporta son cheval et l'aida à monter en selle.
— Qu'est-ce qu'on fait du corps, demanda-t-il à Maëve ?
— Il faut l'embarquer !
Ils soulevèrent péniblement le corps massif pour l'attacher sur la croupe du cheval d'Alex.
Luke demanda :
— Où va-t-on ?
— Je connais un endroit, répondit Maëve.
C'était donc Maëve qui commandait maintenant. Encore plus surprenant, Alex la suivait sans protester. Leur relation avait changé.
— Suivez-moi !
Ils lui emboîtèrent le pas et s'enfoncèrent dans la forêt. Au bout d'une heure Alex accéléra pour remonter à la hauteur de Luke.
— Je suis désolé pour ton père, Luke, déclara-t-il.
Celui-ci ne réagit pas. Ils chevauchèrent quelques minutes côte à côte. La nuit les obligeait à avancer très prudemment. Alex interrompit le silence :
— Luke, s'il m'arrive quelque chose, j'aimerais que tu suives les conseils de Maëve. Je pense que tu peux lui faire confiance. Je suis presque certain qu'elle fera tout pour qu'il ne t'arrive rien.
— Tu lui fais confiance maintenant ?
— Oui, répondit laconiquement Alex.

CHAPITRE 49 : ALEX

A un autre moment Luke s'en serait réjouis.
— Reste auprès d'elle, insista Alex. Promets-le-moi s'il te plaît.
— Je te le promets, Alex.
— Merci Luke.

Le sous-bois résonna encore du son étouffé des sabots jusqu'à ce qu'ils pénètrent dans une petite clairière suffisamment à l'écart du sentier pour être parfaitement dissimulée. Là, sous la lumière de la lune, une petite cabane en rondin de bois les attendait.

Chapitre 50
William

Une petite foule était rassemblée autour de la maison. Il y avait presque autant de monde que lors de l'incendie quelques mois plus tôt. Les gens parlaient entre eux à mi-voix. Tous étaient tristes ou compatissants. William entendit un homme appuyé sur une fourche dire à son voisin :

— J'ai toujours su qu'il finirait comme ça. Le pauvre homme, sa femme et puis son fils... Quel malheur !

William se mordit l'intérieur de la joue. Ses oreilles bourdonnaient du son des voix qui l'entouraient :

« Un bon petit gars... », « Qu'est ce qui a bien pu lui passer par la tête ? ... », « Si ça se trouve, c'est lui qui l'a tué ! », « Il n'a peut-être pas supporté la mort de sa mère... »

Il entra dans la maison et referma la porte derrière lui. William y adossa tout son poids en se frottant les yeux. Il affronta les conséquences de ses choix. Il gisait sur la chaise, le corps en arrière, les bras ballants. Le sang commençait à sécher mais la plus grosse flaque reflétait encore la lumière du soleil. Un de ses agents prenait des notes sur un calepin. Il lui demanda :

— Vous n'avez touché à rien ?
— Non, chef.
— Rien ramassé de particulier ? Pas fouillé de tiroir ?

— Non, chef, tout est exactement comme quand je suis arrivé.

— Merci Marvin. Vous pouvez aller disperser la foule s'il vous plaît ? Confirmez le suicide, si on vous le demande. Dites que je m'adresserai à la presse dans quelques minutes.

Marvin sortit. William se retrouva seul avec l'homme qu'il avait sacrifié. Il inspecta tous les tiroirs, ouvrit les portes de tous les placards. Aucune trace de la lettre. Il essaya de garder son calme, de limiter le tremblement de ses mains. Il s'approcha du corps et fouilla le plus délicatement possible toutes ses poches. Rien. Accroupi, il remarqua que la table avait un tiroir. Il l'ouvrit. Il n'y avait qu'un seul objet : une arme.

William examina celle sur le sol. Il la connaissait bien, il l'avait remarquée il n'y a pas si longtemps. Un R et un W étaient gravés sur la crosse. Robert Watson : Bobby revendiquait son acte. Il devait être fier de lui en ce moment.

Il devait jubiler de l'avoir trahi en poussant l'homme à se suicider plutôt qu'à fuir. Il ne se doutait pas qu'il avait agi exactement comme William l'attendait de lui. Cet homme devait mourir ! C'était malheureusement la solution la plus efficace. Une simple disparition soudaine n'aurait pas provoqué l'enchaînement d'émotions fortes dont la suite de son plan avait besoin. Bobby lui avait permis de ne pas s'en occuper lui-même, encore une fois. Il n'avait jamais cru qu'il partirait, comme il avait anticipé que Bobby ne se laisserait pas entièrement faire et chercherait à le trahir d'une façon ou d'une autre. Il avait soigneusement pesé ses mots et avait offert l'opportunité à Bobby de lui désobéir, d'exprimer sa cruauté pour le blesser. William savait qu'en envoyant Bobby dans cette maison, le père de Luke n'avait aucune chance de survivre.

CHAPITRE 50 : WILLIAM

William sortit. Il fut assailli par les journalistes, répondit machinalement aux questions. Il fit son travail mais à la surface de son esprit résonnait en boucle cette question : « Est-ce qu'Alex avait survécu à Jack ? »

Chapitre 51
Paul

— Ils sont partis patron.
— Et Jack ?
Le ton se voulait désinvolte mais la menace était réelle. Les hommes de Paul se regardèrent mal à l'aise. Paul qui avait joint ses mains fit craquer ses phalanges.
— On pense qu'il est mort, patron.
— Et qu'est-ce qui vous fait penser ça, s'il vous plaît ?
— On... On a vu du sang, et, l'homme était gêné, des morceaux d'os et de cervelle.
— Et puis des traces qui montrent qu'un corps massif a été traîné et soulevé, dit un autre.
— Il restait des cheveux sur les bouts d'os ! intervint le troisième.
Paul porta son intention sur lui.
— Je veux dire, balbutia l'homme, que les cheveux ressemblaient à ceux de Jack, bruns, coupés très courts.
Il se tut sous la pression du regard des autres.
— Voilà qui est très explicite, dit Paul d'une voix douce. Sortez !
Les hommes ne se firent pas prier. Ils se hâtèrent vers la porte. Avant que celle-ci ne se referme derrière eux, un pied la bloqua. L'homme en noir entra et s'avança à grands pas jusqu'au bureau. Il fit un petit coucou dés-

involte à Paul et s'installa comme si c'était lui qui le recevait. Paul rit involontairement.

— Bienvenue monsieur Watson, installez-vous je vous en prie, ironisa Paul.

— Ça vous ennuierait de me servir un baby limonade ? demanda Bobby en toute insolence.

— Je n'ai malheureusement pas de bar dans cette pièce, monsieur Watson, vous m'en voyez désolé !

Bobby grogna.

— Si j'ai bien compris, une place de garde du corps vient de se libérer ?

Paul crispa son poing sur la table. Bobby lui sourit en lui faisant un clin d'œil.

— Ce n'est pas très poli d'écouter aux portes monsieur Watson.

— Comment ? se récria Bobby. Loin de moi l'idée d'être impoli ! J'ai juste entendu par inadvertance ! A vrai dire si ces trois rigolos ne m'avaient pas devancé, je vous aurais annoncé la nouvelle moi-même.

— Voilà qui est intéressant dit Paul, et comment auriez-vous obtenu cette information ?

— Je l'aurais deviné ! Puisque Jack n'est pas à vos côtés, c'est qu'il est mort ! Que la partie du plan le concernant a fonctionné.

Paul sortit un document de son bureau, le déplia et le lissa sur la table. Bobby reconnut la lettre de John.

— Reconnaissez-vous ce document Monsieur Watson ?

Bobby le prit en main pour la forme.

— Il semblerait que vous ne soyez pas une personne très recommandable, dit-il en agitant la lettre avant de la reposer.

Paul avait rarement eu autant de mal à garder son sang-froid. La mort de Jack le peinait et l'insolence de

CHAPITRE 51 : PAUL

Watson l'agaçait.

— J'aurais pensé, qu'étant donné votre passif avec William Ansfield, dit Paul d'un ton léger, vous seriez moins enclin à régler pour lui ses petites affaires !

— Sachez que je suis enclin à régler mes propres affaires, Monsieur... Paul. Quant à mes actes, ils n'avaient pour but que d'attirer votre attention ! Je vois que j'ai parfaitement réussi, puisque vous semblez tout connaître... de mon passif.

Paul avança son corps par-dessus son bureau, planta son regard dans celui de Bobby et lui offrit son sourire le plus carnassier :

— Vos affaires consistent à vous venger de la trahison de William. Qu'est-ce qui vous fait croire qu'il ne vous trahira pas cette fois-ci encore ?

Bobby lui rendit son sourire trait pour trait.

— Pourquoi croyez-vous que je sois venu vous voir ?

Paul recula dans son siège et ouvrit les bras sur son sourire le plus amical !

— Vous avez mon entière attention Monsieur Watson !

— Demain à la première heure, les journaux publieront la découverte du cadavre de votre garde du corps dans une planque bien cachée dans les bois. William conduira les journalistes lui-même sur les lieux du crime et leur prouvera ce qu'ils auront envie d'entendre : que c'est la mystérieuse planque d'Alex et de sa bande enfin découverte. La une du journal sera une simple question qui peut faire très mal à deux jours d'une élection : « Comment le garde du corps du candidat favori à la mairie connaissait-il la planque d'Alex ? » Article suivi de tout un tas d'hypothèses qu'on retrouve plus ou moins dans cette lettre.

Il la pointa du doigt.

— Ensuite, la descente vengeresse d'Alex sur votre personne ne fera qu'attiser les braises de la foule déjà chauffée à blanc. William interviendra et sera encore une fois le héros de la situation. Il aura suffisamment d'éléments pour ouvrir une enquête sur vous et qui sait, peut-être même le témoignage de Luke et de... Comment s'appelle son agent infiltré déjà ? Maëve ?

Paul ne dit rien.

— Vous êtes salement en train de perdre Monsieur Paul. Et à la seconde où vous aurez perdu, William me trahira. Et ça, je ne peux pas me le permettre, voyez-vous ?

Bobby semblait content de son effet. Paul n'avait rien vu. William avait réussi à manigancer l'infiltration de Maëve d'une main de maître. Le changement de plan pour le transfert de l'or était crédible. L'acheteur floué essaierait certainement de se venger. La lettre du Vieux Tony était authentique et elle avait validé la couverture de Maëve à ses yeux et à ceux d'Alex. Paul analysa la situation. Watson avait raison, le vieux shérif un peu mou et désabusé était salement en train de gagner.

— A moins, poursuivit Bobby, que quelqu'un de bonne volonté vous conduise directement à la planque et vous donne une chance de nettoyer vos affaires ?

Cette invitation pouvait aussi bien être le prochain coup de William. Les journalistes auraient encore plus de matière si on le découvrait, lui, sur les lieux du crime. Il regarda Bobby dans les yeux. Son avenir dépendait de la détermination de cet homme à accomplir sa vengeance.

— A quelle heure nous retrouvons-nous, Monsieur Watson ?

Chapitre 52
Alex

La journée avait été longue à la planque. Luke faisait son deuil sur une des paillasses, tournant le dos à la pièce. Il avait cette capacité à s'éteindre et rester immobile pendant des heures. Alex avait de la peine pour lui.

Maëve lui avait expliqué le plan. Ils avaient parlé à mi-voix. Pour ne pas déranger Luke ou pour ne pas déranger le silence. Cette clairière était vraiment isolée, même les oiseaux ne semblaient pas savoir où elle se trouvait.

Demain, ils attaqueraient Paul à son quartier général. Cette fois, ils ne simuleraient pas. En abattant Jack, Alex s'était accordé l'autorisation de tuer, avec la passivité complice de Maëve et du shérif. Il ne s'en priverait pas. Il avait accepté son rôle de pion dans cette machination malgré les faibles chances qu'il avait de s'en sortir. Il lui donnait l'occasion qu'il attendait d'éliminer Paul. S'il le pouvait, il éliminerait également Ansfield, pour lui, ils ne valaient pas mieux l'un que l'autre. Mais ça Maëve ne le savait pas. A ce moment-là Luke et elle seraient déjà loin.

Il partirait en paix.

Régulièrement, Alex s'était levé pour regarder par les fenêtres. Maëve avait essayé de le rassurer : si même lui ne connaissait pas le lieu, comment Paul pourrait-il le connaître ? Seulement Paul avait toujours retrouvé Alex, peu importe sa cachette.

La fin d'après-midi approchait, Luke était toujours étendu sur la paillasse, la tête contre le mur en rondin. Alex nettoyait son arme en comptant les balles. Maëve somnolait, la tête entre ses coudes repliés sur la table.

— Maëve ?

Elle ouvrit les yeux. Alex avait un air solennel qu'elle ne lui connaissait pas.

— Oui ?

— Le moment d'en finir approche, murmura-t-il. Fais attention à lui, tu connais sa propension à jouer les héros.

Maëve sourit :

— Ça a plutôt été efficace pour moi !

— C'est vrai !

Alex répondit à son sourire.

— C'est quand même à cause de ça qu'il en est là aujourd'hui. Je t'en conjure, ne le laisse pas jouer les héros pour moi. Protège-le de lui-même. Empêche-le de me suivre. Fuyez.

Maëve regarda avec tendresse le dos de Luke.

— Je veillerai sur lui, je te le promets.

Alex se sentit soulagé par cette promesse. Il lui faisait confiance. Maëve eu un pincement au cœur. Luke ne reverra jamais Alex. Quand William lancera l'assaut sur le quartier général, juste un peu trop tard pour sauver Paul, il donnerait à ses hommes la permission de riposter. Ils savaient tous les deux qu'Alex leur en donnerait l'occasion. Quant à Luke, son sort dépendrait de son procès. Mais ça Alex ne le savait pas. Cependant elle ne l'abandonnerait pas, et ferait tout ce qui est en son pouvoir pour tenir sa promesse à Alex.

Soudain, Luke sortit de sa torpeur et dit à voix basse :

CHAPITRE 52 : ALEX

— J'ai entendu du bruit !
Alex se leva brusquement. Il prit son arme, se cala contre le mur face à la porte et regarda le plus discrètement possible par la fenêtre. Maëve se mit dos au mur à côté de la porte, l'arme au poing. Ils écoutèrent attentivement.
Effectivement, il y avait un bruit de pas. Un homme approchait. Il n'essayait pas d'être discret. Pour preuve, il frappa à la porte. Il n'attendit pas de réponse et la poussa. Alex ne vit personne dans l'encadrement, puis une paire de mains nues apparut :
— Doucement les gars ! Je ne suis pas armé !
Comme seul le silence lui répondit, la voix continua :
— Je vais avancer lentement, ce serait sympa de votre part de ne pas me tirer dessus !
Un homme grand, vêtu de noir de la tête aux pieds avança prudemment, les mains en l'air. Alex ne le connaissait pas, mais Maëve reconnut l'homme qu'elle avait trouvé assis trop près d'eux au saloon. William avait juré qu'il ne travaillait pas pour Paul.
— Je me sentirais bien plus à l'aise si tu voulais bien baisser ton arme, Alex !
Alex ne bougea pas. Maëve se décala pour passer derrière lui.
— Je n'ai pas peur de toi, Maëve. En revanche Alex, si tu veux bien baisser ton arme et me donner la permission de m'asseoir, j'ai un cadeau pour toi.
L'homme s'avança doucement vers la chaise la plus proche et la tira vers lui. Puis toujours les mains en l'air, il s'assit. Il ne quittait pas Alex des yeux.
— Je viens t'offrir Paul !
L'homme en noir l'invita à s'asseoir en face de lui. Alex s'installa lentement sans quitter l'homme des yeux.

Ils se ressemblaient beaucoup à cet instant. Alex, posa son pistolet devant lui, a portée de main.

— Je suis Robert Watson, alias Bobby, dit-il en enlevant son sombrero. Voilà, maintenant que les présentations sont faites, j'aimerais te parler seul à seul. Peux-tu demander à tes amis de sortir s'il te plaît ?

— Pourquoi ?

— Parce que depuis le début, c'est entre toi et Paul, n'est-ce pas ?

Il avait raison. Alex le dévisagea longuement. Si cet homme lui amenait vraiment Paul ou s'il venait s'en prendre à lui. Luke devrait se trouver le plus loin possible. Il s'adressa à Maëve :

— Ok. Vous pouvez sortir, tout va bien se passer. Je vous retrouve tout à l'heure.

— Alex, ce n'est pas le plan ! s'inquiéta Maëve.

— Peu importe ! répliqua Alex. J'ai besoin que vous teniez tous les deux votre promesse !

Maëve scruta d'un air méfiant l'homme en noir qui lui souriait poliment. Il savait qui elle était. William avait peut-être changé ses plans sans avoir pu la prévenir. Alex désigna la porte d'un signe de tête. Maëve enfila sa besace et tendit la main à Luke pour qu'il la rejoigne. Alex attrapa Luke quand il passa à sa hauteur :

— On se voit tout à l'heure.

Luke hocha la tête. Alex lui pressa affectueusement le bras et le laissa partir. Il avait la gorge nouée pour la première fois depuis très longtemps. Maëve lui fit un signe de tête. Ils s'étaient compris.

Chapitre 53
Paul

Paul était sur ses gardes. Watson lui avait demandé de l'attendre, le temps qu'il parvienne à séparer Alex des deux autres, afin d'égaliser les chances avait-il dit. Ensuite Watson reviendrait le chercher pour qu'il se débrouille avec Alex, peu lui importait.

« Ensuite, estimait Paul, je me ferai descendre à vue dès que j'entrerai dans la ligne de mire d'Alex ! »

Le plan de William était bon mais il avait commis une grave erreur : dans son arrogance, il l'avait sous-estimé. Il le voyait comme un citadin qu'on pouvait perdre facilement en pleine forêt ! Ce qu'il ne savait pas, c'est que Paul était un pisteur hors-pair. Il ne savait pas qu'il avait traqué Alex jusqu'à l'apprivoiser. Il n'avait pas l'intention de se laisser conduire à l'abattoir sans se défendre ! Malgré le sol principalement recouvert d'épines, il parvint à suivre la trace de Watson, silencieux comme la mort, jusqu'à une clairière isolée. Il y avait une cabane en rondins devant laquelle étaient attachés quatre chevaux. Sur le côté, gisait le cadavre de Jack. Paul sentit monter la colère en contemplant son corps, abandonné salement sur le sol, l'arrière du crâne éclaté.

« Par derrière forcément. »

Paul embrassa son index et son majeur de la main

droite et les posa sur son cœur.

« J'arrive Jack, je ne les laisserai triompher sur ton cadavre. »

Chapitre 54
Bobby

Bobby surveillait Maëve et Luke. Il attendit qu'ils aient disparu entre les arbres avant de revenir s'asseoir.

— Tu sais que Maëve travaille pour Ansfield ? demanda Bobby comme s'il demandait un verre d'eau.

Alex ne répondit pas. Bobby semblait déçu d'avoir raté son effet.

— Waouh ! s'étonna-t-il ! Donc tu le sais ! Et tu as accepté de devenir un pion du shérif sans protester ?

— Je sais ce que j'ai à faire. Et je doute d'avoir jamais eu le choix.

— Les choix sont une illusion, n'est-ce pas ? J'ai patienté pendant vingt-deux ans, et quand enfin, je me suis retrouvé face à William, c'est comme-ci le temps n'était pas passé. Il m'a fait rentrer dans son jeu en quelques minutes, parce que je n'ai jamais trouvé la force de renoncer à mon obsession. Pourtant, j'ai eu tout le temps du monde pour tourner la page. On ne change pas facilement.

Alex, bizarrement, comprenait ce qu'il voulait dire. Quand lui-même avait essayé, le résultat avait été désastreux.

— Comment tu connais cet endroit ? demanda Alex.

— C'est ici que William m'a trahi !

Alex emboîtait les pièces du puzzle qui lui manquaient.

Cet homme agissait dans une certaine mesure pour le compte du shérif mais Maëve ne semblait pas au courant.
— Ça ne faisait pas partie du plan que j'affronte Paul ce soir. Où est-il ?
— Il y a une chose que tu dois savoir sur le shérif Ansfield, expliqua Bobby, c'est qu'il ne dit jamais toute la vérité ! Je ne pense pas qu'il ait prévenu sa copine que le plan avait changé à cause de moi.
Alex commençait à stresser :
— Où est Paul ? insista-t-il.
Bobby écarta les bras dans un geste rassurant :
— Je l'ai abandonné au milieu de la forêt. Je le ferai entrer dans la clairière face à cette fenêtre. Fais ce que tu as à faire, je ne m'interposerai pas entre Paul et toi, comme tu ne t'interposeras pas entre William et moi, n'est-ce pas ? Je rêve de l'affronter en duel depuis vingt-deux ans ! Il est temps que le sort décide de notre destin.
Un frisson glacial parcourut Alex, il se saisit de son arme.
— Tu as abandonné Paul dans la forêt ? répéta-t-il incrédule.
Bobby prit son chapeau :
— Oui, ne t'en fais pas, je vais le chercher.
Avant qu'il ait eu le temps de se lever, la vitre explosa. Un flot de sang s'échappa de la tempe d'Alex, qui éclaboussa la fenêtre d'en face. Bobby eut le souffle coupé. Une expression de peur s'effaçait du regard sans vie d'Alex.
La vitre termina de se casser sous un coup de crosse et le visage de Paul, souriant jusqu'aux oreilles, apparut.
— Tu es un incorrigible romantique Watson ! Personnellement, je préfère quand je suis sûr de gagner !
Il lui fit un clin d'œil et désignant Alex du bout de son canon il dit :
— Il me comprendrait ! Il a fait pareil pour Jack !

Chapitre 55
Maëve

Maëve entraîna Luke jusqu'à la lisière de la forêt la plus éloignée de la cabane. Ils se cachèrent derrière un arbre et observèrent les lieux.

— J'aurais dû rester avec lui ! s'exclama Luke. J'ai un mauvais pressentiment.

— Il nous a demandé de sortir pour nous protéger. Je pense qu'il sait ce qu'il fait.

Luke s'agitait de plus en plus :

— Il faut qu'on y retourne !

Maëve lui prit délicatement la main.

— Tu sais, ça ne me dérange pas de passer un peu de temps seule avec toi…

Elle le tourna vers elle et lui sourit tendrement. Ils étaient vraiment proches l'un de l'autre. Luke avait fortement rougi. Elle exagérait, pour tenir la promesse qu'elle avait faite au shérif, à Alex et un peu à elle-même. Elle espérait cependant, qu'un jour elle pourrait être plus sincère et qu'un moment comme celui-ci se reproduirait sans arrière-pensée manipulatrice. Un mouvement attira son regard.

Luke se retourna.

— Paul !

Il voulut partir en courant mais Maëve le retint à bout

de bras. Heureusement pour elle, il glissa et perdit l'équilibre. Paul sortit son arme, visa et tira. Il parla par la fenêtre et disparut dans les bois. Maëve retenait Luke par le torse. L'homme en noir sortit. Tous deux se figèrent...

— Alex !

Maëve tenta d'étouffer le hurlement de Luke en plaquant sa main sur sa bouche. Il se débattait comme un diable. Elle le tirait en arrière à chaque fois qu'il essayait de se relever.

— Luke, attends ! Le shérif arrive.

Chapitre 56
William

La partie la plus hasardeuse du plan avait fonctionné. Alex avait vaincu Jack. Sa côte était élevée, mais on n'obtenait rien sans risques. Tout aurait déjà pu être compromis dès l'opération diligence.

William avait anticipé comment et à quel moment Bobby pourrait le trahir. Il a donc improvisé un plan qui mettait en scène la trahison exactement telle qu'il se l'était imaginée, en espérant avoir empêché Bobby d'y penser lui-même. Maëve n'était pas au courant. Elle était parvenue à amener Alex à la planque, sa seule et dernière mission était de protéger Luke. Elle n'avait pas besoin d'en savoir plus.

Son idée semblait avoir fonctionné puisque Bobby avait mis la pression sur Paul et il l'amenait auprès d'Alex. Qu'Alex élimine Paul ou l'inverse, Bobby éliminerait le survivant. Ensuite, il ne pouvait pas laisser Bobby gagner. Sinon il aurait fait tout ce travail pour rien. Le problème c'est qu'il n'avait jamais tué personne de sa propre main. Il espérait qu'il aurait la force de tirer.

Il surveillait discrètement la clairière, attendant son heure quand Paul surgit de nulle part. William étouffa un hoquet de surprise ! Paul sembla écouter un instant à la fenêtre puis avant que William ait eu le temps d'intervenir, il tira. Quelques secondes plus tard Paul avait filé dans la forêt.

— Merde !

Bobby s'enfonça dans les bois à sa suite. William sortit à découvert. Quelque part, il le savait, Maëve devait lutter pour empêcher Luke de courir vers Alex. Il s'enfonça dans la forêt à la suite de Paul et Bobby. Il ne vit aucune trace, n'entendit aucun bruit qui puisse le mettre sur une piste. Il les avait perdus. S'en remettant à Bobby, il pénétra dans la planque.

Alex avait à peu près la même position que le père de Luke ce matin.

« Quel gâchis ! pensa-t-il. Si Paul l'emporte il sera mort pour rien. »

Il se dit que la vie d'Alex a surtout été très triste.

Il s'assit sur une des chaises, examinant le moindre recoin de la cabane. Une boule de nostalgie lui envahit la gorge. Rien n'avait changé. Comme il y a vingt-deux ans, tout s'achèverait ici.

William entendit des bruits de pas. Il sortit son arme.

Si c'était Paul, il renierait ses principes sans difficulté. Bobby entra dans la cabane. Il salua William d'un geste désinvolte et s'avachit sur une des chaises. Il fit claquer son sombrero sur la table et se frotta le visage.

Il regarda ses deux compagnons de table.

— Pauvre bougre, dit-il en désignant Alex du doigt. Il avait l'air d'un chic type !

— C'était un homme bien, mais qui n'a jamais trouvé sa place.

— Pas facile ! commenta Bobby.

Il savourait l'instant.

— Où est Paul ?

Bobby haussa les épaules :

CHAPITRE 56 : WILLIAM

— Je l'ai perdu.
— J'ai pas l'impression que tu l'aies cherché beaucoup !
— Vas-y-toi ! répliqua Bobby. Cours-lui après et descends-le ! Pour une fois, je ne ferai pas le sale boulot à ta place !
— Tu devais abandonner Paul dans les bois, comment il a fait pour trouver la clairière ?
— J'en sais rien ! Il est peut-être plus malin que ce que tu pensais, qu'est-ce que tu veux que je te dise ?
William refusait d'admettre qu'il avait raison. Il changea de sujet :
— C'est toi qui a apporté la lettre à Paul ?
— Non, c'est sûrement Lydie qui s'en est chargée.
— Quoi ? s'écria-t-il. Mais Maëve aurait pu la ramasser et foutre le plan en l'air ! Il fallait que Paul sache que c'était moi qui ai fait disparaître le père de Luke et pas Alex !
— C'est pas de ma faute si tu compartimentes tes informations. T'avais qu'à mettre au courant ton agent !
— La lettre était la garantie que Paul ne douterait pas de ta parole pour te suivre jusqu'ici !
— Et c'est ce qu'il a fait ! cria Bobby ! Écoute-moi William, t'étais tapis dans les bois à épier. Si Paul s'est barré, c'est parce que t'as pas eu les couilles de lui tirer dessus quand t'en avais le créneau ! Point ! J'ai largement respecté ma part du contrat. Maintenant si tu veux bien, il est temps que tu respectes la tienne ! Le crépuscule ajoute un effet dramatique ! Allons régler notre histoire dehors !
William soupira. Finalement, Paul s'en sortait pour l'instant, mais le cadavre de Jack pourrissait dehors. Une partie de son plan pouvait toujours fonctionner. Il

se leva et sortit à la suite de Bobby. Il avait perdu le peu de pouvoir qu'il avait sur son vieil ami.

— Tu as raison, dit-il, il est temps.

Il regarda ses larges épaules légèrement voûtées et visa en plein milieu un peu sur la gauche. Il pressa la détente sans réfléchir.

Chapitre 57
Bobby

Bobby tomba à genoux sous l'impact.

« L'enfoiré, il m'a tiré dans le dos !» fut sa dernière pensée.

Il mourut dans la douleur.

Chapitre 58
Paul

Paul s'exclama de plaisir en voyant William tuer Bobby. La ligne morale du shérif était très fluctuante en ce moment ! Il n'était pas parti loin. Il savait que Bobby ne le traquerait pas. L'important pour lui, c'était d'en finir avec William. La possibilité lui avait été offerte sur un plateau !

Il revint doucement vers la clairière. Il trouva le shérif tenant Watson dans ses bras. Il se positionna silencieusement derrière lui. Paul visa soigneusement pour tirer sans tuer. Il connaissait ce genre d'astuce. La balle perfora les deux intestins. William saignerait à mort mais mettrait un peu de temps à mourir. Il se pencha et avec son plus beau sourire, lui dit :

— C'est encore plus grandiose que tout ce que j'avais imaginé pour vous.

William se retourna difficilement pour lui faire face, son visage était un masque de souffrance. Paul contempla le paysage autour de lui :

— Ce lieu va devenir historique !

Il rit de bon cœur.

— Ne vous inquiétez pas William, vous allez être un héros ! Vous avez arrêté Alex, démantelé sa bande, avant que Robert Watson, le fantôme de votre passé, ne vous abatte pour accomplir sa vengeance. J'ai réussi à l'éliminer, mais je n'ai pas pu vous sauver, et vous êtes mort dans mes bras. Oh mon Dieu ! La foule va adorer !

William essaya de lui répondre, mais seul un hoquet franchit ses lèvres. Il l'appelait à l'aide du regard.

— Luke ? parvint-il à dire faiblement.

Paul considéra comme il se devait la question.

— Ne vous inquiétez pas. J'aime bien ce petit. Il est libre de partir.

William se relâcha. Son corps s'affala sur celui de son ami.

Paul était sincère, il laisserait filer Luke. William avait l'air d'y tenir et Paul respectait beaucoup William. C'était un homme exceptionnel et un adversaire à sa hauteur. Il lui devait bien ça. Il lui tira une balle dans le cœur pour abréger son agonie et lui ferma les yeux :

— Adieu William Ansfield.

Chapitre 59
Luke

Maëve enlaçait toujours Luke mais il avait cessé de lutter. Ils assistèrent sidérés à l'élimination de l'homme en noir. Maëve poussa un cri de surprise. Puis quand Paul s'avança tranquillement et tira sur le shérif, Luke la retint de toutes ses forces. Heureusement pour lui, elle glissa et tomba. Il comprenait maintenant. S'il ne l'avait pas retenu, Paul l'aurait abattu aussi froidement qu'il avait abattu le shérif. Il la bâillonna de sa main pour l'empêcher de hurler. Paul disparut entre les arbres, traînant le cadavre de Jack derrière un des chevaux qu'il avait empruntés avant de disperser les autres.

Luke la relâcha. Maëve se précipita et prit le shérif dans ses bras. Luke ne comprit pas pourquoi. Il l'ignora et avança jusqu'à la cabane, sachant ce qu'il allait y trouver. Sa tristesse était au-delà des larmes. Il embrassa la main d'Alex, son protecteur, son ami, sa seule famille.

« Il s'est sacrifié pour moi. Il savait. »

Luke en fut sûr dès qu'il le pensa. Il était hors de question que son corps reste comme ça à la merci de Paul ou de n'importe qui. Il avait besoin de donner à Alex des funérailles dignes de sa personne. Il sortit et ne vit plus Maëve. Il hurla :

— Maëve !

Il courut jusqu'à l'endroit où ils s'étaient cachés. Il tomba à genoux de soulagement quand il la vit. Elle lisait une lettre. Ses cheveux étaient en bataille, ses yeux et son nez coulaient. Il la trouva belle à en pleurer. Ses sentiments débordaient et il ne pouvait plus en nier certains. Elle retourna dans la clairière, laissant la lettre derrière elle. Luke la lut :

« *Maëve,*

Je te fais suffisamment confiance pour savoir que si tu lis cette lettre, c'est que nos affaires ont mal tourné. Je suis probablement mort, et heureux de l'être car il vaut mieux cela que d'assister à la décadence de Redtown entre les mains de Paul. A l'ouest de la clairière se trouve un pin gravé d'une croix. Colle ton dos au tronc et avance de cinq grands pas. Tu trouveras une trappe dans laquelle j'ai sauvegardé de quoi vous aider à vous enfuir. J'espère que tu auras été touchée par l'âme de Luke, comme nous l'avons tous été. Je regrette tout ce que ce pauvre garçon a subi à cause de moi. J'espère qu'un jour il pourra me pardonner.

Ayez une belle vie.

William Ansfield. »

Maëve suivait les instructions de la lettre. Elle termina son cinquième pas et sauta sur place. Elle s'agenouilla et entreprit de dégager les épines qui jonchaient le sol.

« Elle était avec le shérif depuis le début. »

Elle ouvrit difficilement une grande trappe, descendit à l'intérieur et en ressortit avec un grand sac blanc. Elle courut vers Luke qui tenait la lettre à la main.

— Tu l'as lue ?

Luke hocha la tête. Maëve s'agenouilla à ses côtés.

— Ecoute-moi !

CHAPITRE 59 : LUKE

Luke la regarda dans les yeux. Ils ne pleuraient plus.
— Ma mission principale c'était de te protéger de Paul jusqu'à ce que le plan de William te libère de lui.
— La lettre de Tony ?
— Authentique, je ne vous ai jamais menti.
— Alex savait ?
Luke posait ses questions d'une voix mécanique.
— Il l'a découvert la nuit dernière, il a accepté son rôle.
Luke hocha la tête.
— Je comprends mieux.
Maëve sourit malgré elle.
— Alors Paul a gagné ? demanda Luke tristement.
— Oui. Mais William nous a prévu une issue de secours. Il y a énormément d'argent dans ce sac !
Luke réfléchissait. Maëve se leva :
— Tu viens ?
— Maëve, est-ce que c'était vrai ? La tendresse, le baiser...
— Au moment où je l'ai fait, seule la mission importait, mais je ne me suis jamais forcée, Luke.
Il baissa la tête. Elle s'agenouilla de nouveau et lui prit tendrement le visage entre les mains.
— Laisse-moi un peu de temps, d'accord ?
— D'accord.
Ils se levèrent.
— Il faut enterrer Alex, annonça Luke.
— Je ne sais pas si on aura le temps...
— Je ne laisserai pas Paul l'utiliser encore après sa mort !
Luke désigna la trappe.
— Mettons-le là-dedans.
Maëve trouva l'idée excellente.

Ils transportèrent le corps d'Alex et le déposèrent délicatement au fond du trou. Luke lui ferma les yeux. Ils rabattirent la trappe. En utilisant un couteau que Maëve avait dans son sac, Luke grava dans le bois :

« *Ci-gît un homme bon, que je ai connu sous le nom d'*
Alex
Enfin libre. »

Ils dissimulèrent soigneusement l'ouverture sous les épines, puis ils se recueillirent le temps dont ils eurent besoin. Enfin, Maëve lui tendit la main :
— Prêt à quitter Redtown Luke ?
— Cette fois, je crois que oui.

Ils jetèrent un dernier coup d'œil aux corps emmêlés de William et Robert, éclairés par la lumière de la lune. La nuit était tombée. Maëve et Luke disparurent dans la forêt, main dans la main.

Epilogue

La place de l'hôtel de ville de Redtown était bondée. La foule s'étendait bien au-delà des rangées de chaises ornées de décorations que la ville avait installées. Une petite estrade était dressée près d'un monument recouvert d'un drap blanc, moucheté de poussière rouge.

La foule murmura quand Paul, vêtu de ses plus beaux habits et de sa cocarde de maire monta sur l'estrade. Il leva les bras et commença son discours. À partir du huitième rang, les gens commençaient à ne plus entendre. Le vent s'était levé, et le son de sa voix se perdait dans la poussière.

Paul tira enfin sur une corde pour libérer le drap qui s'envola avec un bel effet, dévoilant dans un cri d'admiration, la magnifique statue de bronze.

Des centaines d'habitants furent émus aux larmes. Beaucoup l'avaient déjà vu comme cela, méditant face à l'immensité de la plaine. Il se tenait fièrement sur son cheval, le maintien haut, l'allure élégante, le stetson fièrement porté. Il avait un regard déterminé posé sur l'horizon lointain. Sur la plaque on pouvait lire :

William Ansfield
REDTOWN, éternellement reconnaissante

Remerciement

Un grand merci à ma femme pour m'avoir soutenu jusqu'au bout dans ce projet.

Merci à ceux qui se trouvaient au tour de la table pour cette partie de Bang!® mémorable qui a inspiré la genèse de cette histoire.

Merci à mes lecteurs, pour leurs retours constructifs et enrichissants, notamment Emilie, Fabien, Théo et Sonia.

Merci à Albina pour le long travail de correction,

Et surtout, merci à vous qui m'avez lu, d'autant plus si vous m'avez lu jusqu'ici !

Conception graphique couverture :
Delphine Darier

© Julien Planchez, 2024

Édition : BoD · Books on Demand, 31 avenue Saint-Rémy, 57600 Forbach, bod@bod.fr
Impression : Libri Plureos GmbH, Friedensallee 273, 22763 Hamburg (Allemagne)
ISBN 978-2-3225-7127-7
Dépôt légal : Juin 2025